编 委 会

主　　任：孙文秀

主　　编：付本忠

编　　委：任青春　孙秉正　傅洪翔

主办单位

中共杜尔伯特蒙古族自治县委老干部局

协办单位

杜尔伯特蒙古族自治县革命老区建设促进会

杜尔伯特蒙古族自治县关心下一代工作委员会

主编◎付本忠

情牵梦绕的地方

Qingqian Mengrao de Difang

黑龙江人民出版社

图书在版编目(CIP)数据

情牵梦绕的地方 / 付本忠主编. — 哈尔滨：黑龙江人民出版社，2018.2
ISBN 978 - 7 - 207 - 11287 - 3

Ⅰ. ①情… Ⅱ. ①付… Ⅲ. ①散文集—中国—当代
Ⅳ. ①I267

中国版本图书馆 CIP 数据核字(2018)第 036191 号

责任编辑:杨子萱
封面设计:鲲　鹏

情牵梦绕的地方
付本忠　主编

出版发行	黑龙江人民出版社
地　　址	哈尔滨市南岗区宣庆小区 1 号楼
邮　　编	150008
网　　址	www. longpress. com
电子邮箱	hljrmcbs@ yeah. net
印　　刷	永清县晔盛亚胶印有限公司
开　　本	787×1092　1/16
印　　张	14. 75
字　　数	140 千字
版　　次	2018 年 3 月第 1 版　2021 年 6 月第 2 次印刷
书　　号	ISBN 978 - 7 - 207 - 11287 - 3
定　　价	45. 00 元

版权所有　侵权必究　　　　　举报电话:(0451)82308054
法律顾问：北京市大成律师事务所哈尔滨分所律师赵学利、赵景波

目　录

景　色　篇

记　忆　篇

流　年　篇

回　眸　篇

景 色 篇

Jinsepian

神奇的多克多尔山

李泽春

多克多尔山坐落在杜尔伯特蒙古族自治县胡吉吐莫镇马场村境内，海拔198.8米，是杜尔伯特最高的一座土山。美丽的嫩江像一条玉带从山脚下奔流而过，当洪水来临之际，一望无际的滔滔嫩江水泛起的粼粼碧波为多克多尔山增添了神韵。多克多尔山蜿蜒起伏8千米，如同一条巨龙横卧在嫩江左岸，最高处像龙头一样昂首向西矗立，恰似一条卧龙成"苍龙饮水"之势、应呼风唤雨之威。历史上，杜尔伯特人历史上把依山傍水的地貌特征认定为宜居宝地。多克多尔山也曾与隔江相望的内蒙古扎赉特旗的"宝格达山"一起被称为姊妹山。

多克多尔山的传说很多，著名蒙古族学者波·少布先生曾搜集整理了很多关于多克多尔山的神话传说故事编写成书，在杜尔伯特传颂。通过这些形形色色、活灵活现的故事，人们更加了解多克多尔山，也唤起人们对多克多尔山的崇敬。

关于多克多尔山是如何形成的，有一种传说。在很早以前嫩江泛滥，淹了草原、农田、房屋，百姓无栖身之地，于是祭祀河神，以求生存。百姓的举动感动了河神，于是派水族多克多尔何日米延（蒙古族噘嘴红鳍鲌）去江东堵住洪道，为人类造福，再不许回水晶宫，蒙古噘嘴红鳍鲌就永远躺在那里不动了，履行着他的使命。因此在嫩江左岸出现了一座一头向上翘的土山。后来人们根据多克多尔何日米延的"多"字和形状称之为多克多尔山。自打这座山挡在了嫩江和东边的双阳河、乌裕尔河的泄洪道之间，一江两河就再也没有给百姓带来灾难，所以百姓年年祭祀，世代相传。

蒙古族人信奉山、水，称山为神山，水为圣水。这与其依山居水而生存的生活习惯有着千丝万缕的联系。因此，凡是蒙古族人集聚的地方都有共同信奉的山，并在指定的时间进行祭祀，遇难遭灾时进行祈祷，久而久之众人所信奉的山就成为神山。多克多尔山就是杜尔伯特蒙古族人的神山。"山不在高，有仙则灵"。多克多尔山虽然只有198.8米，但是她千百年来保佑着杜尔伯特地区兴旺发达，生生不息。

在没有高山的草原地带，有这样一个突出的土山自然会让人感到她的神奇。自然会引起人们的崇敬之情。这些年，由于交通发达了，每到春、秋两季仰慕此山慕名而来的人络绎不绝。外省区的人也不顾路途遥远前来观赏旅游。

天然次生林、茂盛的花草、漫山遍野的杏花，将多克多尔山装点得神气十足，灵光焕发。围绕多克多尔山的周边各族人民的生活水平在不断提高，人均收入也不断增加，牛羊肥壮、五谷丰登。多克多尔山的东侧是连环湖的最后一个湖——阿木塔湖，与多克多尔山遥相对应。这里进入 21 世纪以来已成为杜尔伯特的旅游胜地。哈布图哈萨尔的圣火已于 2012 年从内蒙古的达茂旗迎奉到阿木塔蒙古大营、一代神弓的雄姿展现在阿木塔圣水湖畔。神山、圣水给这里的各族人民带来了福祉。

　　记得小的时候屯中的老人一遇到为难的事都会双手合十，面朝多克多尔山的方向祈祷，有时还许愿、祭祀。有一年的祭祀活动让我记忆犹新，现在仍然萦绕在脑海。屯中的郭老太太在上一年许诺在第二年的农历九月初九杀猪祭祀多克多尔山，保佑当兵近三年未向家里通信的儿子平安。她儿子是 1942 年参加中国人民解放军的，正在参加抗美援朝。在那通信十分不便的年代，想知道远在前线征战亲人的音信是十分困难的事情，因此祈祷、祭祀便成了亲人自我安慰、解脱的方式。许愿祭祀活动是在第二年的农历九月初九进行的，场面十分宏大，杀了一口近三百斤重的没有杂毛的黑色雄性大肥猪。将村里的左邻右舍、老亲少友都请来，摆上香案、供果、猪头等，朝多克多尔山方向，由村里唯一的一个喇嘛杨喇嘛主持祈祷、诵经。全家老小都跪在案桌前，郭老太太双手合十说：请宝格达乌拉保佑我儿平安回来等一些许愿的话。祭祀结束后全村的左邻右舍、老亲少友，统统坐下来吃猪肉。散席后，将剩下骨头埋掉，汤水围着住房洒一圈，剩下的肉分给那些因病、因事未到场的人。据老人讲这是延续多年的习俗，凡是许愿的物品全部用掉，不能剩下，如果剩下，许愿就不能如愿以偿。所祭祀用的牲畜必须是无杂毛雄性的。不知是灵验还是巧合，她的儿子参加完抗美援朝以后来信了，身体安然无恙，并当上了团长。在那战火纷飞、枪林弹雨中能活着已是万幸的事情。这样的事也逐渐增添了信奉者的虔诚信心。处处谨慎行事，和气待人，尊老爱幼，昧良心的坏事绝不做，如同有神灵的眼睛盯着他们一样。

对多克多尔山的信奉和敬畏无疑是人们一种精神上的寄托。更重要的是表现出人们对大自然的珍爱和敬仰。

多克多尔山伴随着杜尔伯特人一代又一代。乌力格尔讲述着传奇故事，安代舞跳出炽热的向往，辽阔的草原绿色激荡，萨日朗飘着醉人的芳香，敖包旁留下千年的梦想，古老的牧歌代代传唱。多克多尔山像那阿爸的脊梁，嫩江水像那阿妈的乳汁，广阔的草原是生命的摇篮，杜尔伯特我可爱的家乡，蒙古族人民在高唱时代的赞歌，杜尔伯特迎来时代的春光，拉起马头琴诉说往日的沧桑，激起草原儿女欢唱时代的乐章，多克多尔山的神奇永远祝福着杜尔伯特人如意吉祥。

当奈村散记

余永金

　　"草原的天是那样的蓝，草原的云是那样的近，草原的风是那样的柔，草原的水是那样的清，草原的底色是那样的绿……一望无际的芦苇荡，你饱含着金色的憧憬。苇叶上滚落的透明的露珠，就是杜尔伯特人水晶般的心灵………"发源于小兴安岭西侧的乌裕尔河，一路欢歌，奔腾南下580多千米，途经北安、克山、克东、拜泉、依安、富裕等6县，在杜尔伯特东北部失去河道，以无尾河状散流境内成为内陆河。生命之水溢向四面八方，在辽阔的大草原上，形成百里泽国水乡，河道港汊纵横交错，大小湖泡星罗棋布。苇草肥美，鱼虾丰盛，风光秀丽，环境幽雅静谧，变为水生动植物生长的世界，野生水禽繁衍的天堂。

　　"乌裕尔"，蒙古语为涨水之意，此河因此得名。有人说，乌裕尔河之神，秉承上苍之意，接通九天银河之水灌溉人间，滞留并钟情于杜尔伯特大草原，捧财宝、献美景于勤劳智慧的人们而不入海；还有人说，圣洁的丹顶鹤在远古的一个春日，从天国飞来，翩然飘落在这片生机勃勃的沼泽地上，带来了吉祥和欢乐，从此在这里曼舞轻歌，繁衍生息……这里就是被誉为"丹顶鹤故乡"的当奈湿地。它处于名闻遐迩的扎龙自然保护区中心地带，每一个到过当奈的人都赞叹这里"不是江南，却胜似江南"。中国科学院专家到此考察后认为："该湿地幅员辽阔，特征典型，丰富齐全，发育成熟，原生湿地状态完整，是在全国具有垄断地位的旅游资源。"

如今，被辟为旅游景区的当奈村早已是游人如织，风景独具的旅游胜地。

历史记载，民国初年当奈旧名党纳坡，为杜尔伯特旗所辖一小村落。前清末年蒙地放垦后，曾归安达厅管辖。当年仅43户人家（其中蒙古族户32户）。该村设小学一所，有教师1名，小学生30名。村内有林甸设治局立警察第二派出所一所，长警1人，负责治安。

当奈总面积达3.7万公顷，早年曾有大片草原，后因水漫草地，久而久之，均变为苇塘。如今是以浅水湖泊，沼泽为主的北方湿地。浅水湖深平均1.5～2.0米，沼泽以苔草与河草为丛生群落，覆盖率为85%，其次为芦苇和漂筏苔草。湖泊的水生资源丰富，浮游生物、水生管状植物种类多、数量大，淡水鱼种类46种，昆虫277种。在幽深恬静的湖泡芦荡中，潜藏着一个自由喧闹的巨大动物乐园。这里栖息着野生水禽

260 多种。其中鹤类 6 种，尤以丹顶鹤最为珍贵。丹顶鹤端庄秀丽、温文尔雅，亮翅起舞，如优美的芭蕾舞姿，令人赏心悦目。它的叫声高亢清丽，"鹤鸣九皋"，历来被人们视为天籁之声、吉祥之音。另有天鹅、大雁、苍鹭、野鸭、鸳鸯、海鸥等珍禽在此筑巢安家，繁衍后代。茂盛密集的芦苇和水草，好像层层叠叠的青纱墙，浩渺的湿地为野生动物安然生息设立了一道道天然屏障。当奈湿地已成为无数珍稀水禽眷恋不舍的圣地和家乡。

当奈芦苇荡瑰丽多姿，一年四季绚丽多彩：春天碧波荡漾，芳草萋萋；夏季白荷飘香，百鸟竞翔；秋日芦荡金黄，苇花飞舞；冬天白雪皑皑，一片银装……

被联合国评为人居生态村的当奈，至今仍然保持着较原始的生活方式，居民建筑因形就势，布局散落，屋舍宽敞明亮。居民以种植、捕捞、打苇生产为生，与外界主要以物资交换的方式联络，形成了与湿地生态环境相互依存，互为协调的和谐境界。

当奈之名，是蒙古语"仙女"或"女神"的意思。据史料记载，清朝康熙三十五年（1696 年），此地建有一座普教寺。关于普教寺，曾有一个久远的传说。早年当奈屯附近的腰灵泡、蓝花泡、纳金泡也盛产鱼虾，厚密的芦荡中珍禽无数。有一年康熙皇帝微服出访，行猎于此，被屯中一老者认出，众多百姓前来跪拜皇帝祈福。康熙帝龙颜大悦，赏银建造喇嘛寺，并赐名普教寺。普教寺建于芦苇荡边土岗之上，位于屯之东偏北，其寺系用砖砌 1 丈台基，一面约 5 丈，四周 20 丈。基上庙宇 3 间。在茂密的古树覆盖之下，朱墙围绕，红壁飞檐，雕龙画凤，斗梁交错。内置铜佛 30 余尊，以铜铸圆顶甚大，由远望之，巍然可见。内有住持喇嘛 20 余人，每年法会 4 期。虽经庚子事变沙俄掠夺，当年这里还是杜尔伯特境内除富裕正洁寺之外的第二大庙宇。常年香火鼎盛，历经 200 多年风雨而不衰。

相传此寺曾供奉一铜质鎏金金牛，长 1 尺，高半尺，呈卧式状，被喇嘛奉为镇寺之宝。蒙古人以牧为主，村民每每进寺朝拜时，也必至金牛前燃香三炷，求其护佑民生康泰，风调雨顺，五畜兴旺。当奈村上曾有虔诚的村民包沁勒图，他既养牛羊、又种田、还信佛，诚实敦厚，宽容待人。日出而作、日落而息的生活中，他天天要去寺中的金牛前点上三支清香，几十年风雨人生，从未间断。后来果然牛羊成群，庄稼连年丰收，家道殷实。清朝末年，老实的包沁勒图梦见金牛午夜在他家院子里嗥叫，告诉他自己金身将要遭劫，指点他将其金身埋于距此 50 里外向南的南阳村村口一株百年古榆之下。第二天包沁勒图想到金牛托梦，急急赶到普教寺趁看守喇嘛不备，将金牛包裹严实，快马奔向南阳村。果然看到一株高大翠绿的老榆，竟然跟梦中告诉得一模一样。包沁勒图在树下挖一深坑，用砖砌好，小心翼翼将金牛置身其中。正当返回当奈村途中，见有众人仓皇奔跑，他问人跑什么？有人说，你还不快跑，沙俄鬼子正在当奈抢东西，杀人放火呢！包沁勒图跑回村里，只见有十几具村民尸体横尸村口，被烧毁的房屋冒着青烟……普教寺屋顶烧塌，只剩四堵残壁，一片瓦砾。后来，跑回来的人说，沙俄鬼子来到当奈放火杀人就是因为抢劫金牛而来，因未得到金牛而恼羞成怒，故此血洗当奈。后来，逃难村民逐渐回归，但普教寺遭劫后再未重建。众喇嘛四散，金牛也不知所终。

世事沧桑，江山依旧。如今的当奈湿地之美，可用8个字来概括，那就是水清、苇秀、鱼鲜、鸟多，四季各有特色，毫无人工雕琢，处处呈现自然美。当然，有人说，这里最美的季节，要数夏末初秋。在这个时节暑热刚刚退去，一丝凉爽袭来，让人感到无比惬意。如果你要是起个大早来到湖边，但见一轮红日从无边的苇海中跃起，光芒四射……数不清的水鸟在空中翱翔、鸣叫。白荷、紫菱、红莲、翠苇在水中、风中飘动、摇曳，鱼儿在水面尽情嬉戏，水波被霞光染成五颜六色，一切生物如此色彩斑斓，灵动多姿，真是一幅无比壮观的《北国水乡图》。但也有人说，当奈湿地之美，应该在秋末冬初。的确有一个诗人这样写道："芦花白、芦花美，花絮满天飞，千丝万缕意绵绵，路上彩云追。大雁成行、人成对，相思花为媒，千里万里梦相随。莫忘故乡秋光好，早怀情爱报春回。"这优美的诗句，不正是对那些依恋故乡、建设当奈的当奈人的真实写照吗！

当奈湿地不仅景色秀美，给人披上了一层神秘的色彩，更有芦苇、水产品，为人们展示出一条富裕之路。这里芦苇连片，苇质优良，所产的白花苇、紫花苇，居民加工成苇箔、苇席、苇苫帘、苇板、苇编工艺品等，畅销国内各地，并远销美国、韩国、日本和以色列等国。湖泡苇塘中所产的鲤鱼、草鱼、鲢鱼、鲫鱼、鲇鱼、黑鱼、柳根鱼等鲜鱼，都是自然繁殖，没有任何污染，肉质细腻，鲜美可口。"泥鳅、水鳖、哈什蚂、老头鱼"被称为"四大黑"，驰名省内外，成为人们的美味佳肴。当地所产的鸡、鸭、鹅肉及其鲜蛋都是天然无公害的绿色食品，口味鲜美，营养丰富，备受人们喜爱。

近年来，在上级领导的重视关注和旅游部门热心支持下，当奈湿地在保持原生状态的同时，率先发展起旅游业，而且基础设施得到不断完善。道路畅达、通讯快捷、购物方便、吃住游玩舒适。一批与风景区相得益彰、相映成趣的竹排摆渡、鹦鹉献艺、芦荡观鸟、清潭赏鱼、栈桥漫步、湖泡畅泳、农家品鲜等旅游建设项目投入使用，供游人尽情享用、赏玩。这里的人们清醒地认识到，只有达到人与自然的和谐共存、和谐发展，这个得天独厚的绿色空间才能永葆生机和活力。

随着知名度的不断提升和扩大，如今的当奈湿地每年都会迎来无数中外旅游观光者。他们由衷地赞叹这里天造地设的人间胜景，游览如梦如幻的芦苇荡，欣赏丹顶鹤迷人的舞姿，聆听百鸟神奇的鸣唱，感悟人类对大自然的尊重，领略大自然对人类的恩赐。当奈景观的自然美令人着迷，它犹如一幅硕大无边的水墨画，泼洒在辽阔的大草原上，淡雅，隽永，直至永恒。

天堂草原——阿木塔

韩卫忠

从高空俯瞰，黑龙江省西南部大片大片的湿地、草原和湖泊就像嵌满珍珠的碧毯，平整地铺展在大兴安岭脚下，在夏日的阳光下闪耀着迷人的光彩。而这其中，最为美丽、最为动人的，可能就要数杜尔伯特县的阿木塔草原了。阿木塔是蒙古语，"美味"的意思。

对美好事物的追求，总会令人产生无尽的遐想，看看这阿木塔草原吧，她就像一位美丽娴静的少女，静静地依偎在连环湖岸边。婆娑的沙榆是她飘逸的秀发，点缀着野花的嫩草是她轻轻的纱裙。湖水经不住这长年累月的诱惑，时不时地会跑上岸来，投入少女的怀抱，而每当他走后，少女的衣衫会变得比原来更加翠绿，更加迷人。而被这美丽少女所吸引的除了痴情的湖水之外，还有那些来自天南地北的游人。

几年前，针对来阿木塔草原的游人逐年增多的情况，这里办起了旅游区。草原办旅游，当然离不开生态和民俗。为此，根据阿木塔半岛三面环水的地势，建起了气魄宏大的蒙古大

— 14 —

营。水的对面沙白如雪，水浅及膝，建起了银沙湾浴场。整个景区命名为阿木塔草原。

2009 年夏的某一天，我和朋友们一起来到了心仪已久的阿木塔草原。来草原旅游当然要先去亲近自然。阿木塔草原整体上略有起伏，但局部却平平整整，走在上面松松软软。绿色让你无法回避，芳香让你不能拒绝。仰卧其上，听百灵鸣啭，看白云悠悠，天风拂面，地气宁心，感乾坤之净朗，得心境之淡泊，心旷神怡，宠辱皆忘。极目天边，蒙古大营的毡房犹如一朵朵盛开的莲花，牧羊女轻轻地飘动在白云之间，如神似仙。还在半梦半醒之间，泪花已模糊了双眼。

草原的阴柔让人感怀，草原的阳刚则让人亢奋。当成群的骏马从你身边呼啸而过时，你会由衷羡慕那个在马背上挥洒自如的小伙子，并会产生一种难以压制的冲动，也想风驰电掣一番，可这却需要勇气和技巧。

阿木塔蒙古大营由大大小小若干个蒙古包组成，并有序地排列着。在距离大营前方三箭地之外是一座碉楼式的大门，游客来到这里，开始接受马队迎宾仪式。训练有素的马队整齐地排列在车队的两侧，徐徐前行，并热情地向游客发出"赛音百奴"的问候。当临近大营时，马队开始飞奔，汽车随之加速，这时，马蹄声、骑手的尖叫声、游客的欢呼声交织在一起，使游客的情绪达到了沸点。

到大营下车的第一件事就是要喝主人敬的下马酒。穿着传统盛装的蒙古族青年手捧银碗，唱着热情欢快的祝酒歌，表达对你最大的尊重和敬意。如果你不喝，他们会不停地唱下去，直唱到苍鹰低廻，烈马长嘶。

　　祭祀敖包是主人为客人准备的重要民俗体验项目。阿木塔草原的敖包耸立在阿木塔半岛高处，由石头堆成，显得古拙凝重。抬头仰望，经幡蔽日，彩旗临风，蓝天低垂，玉柱将倾。祭祀时，金鼓震天，法号齐鸣，香烟袅袅，庄严肃穆。人们默默地许着愿，按顺时针方向转上三圈，然后将事先选好的石头投向包顶。当地人告诉我，许愿的内容不许说出来，否则就不灵验了，因此在祭祀的时候我只听见了沙沙的脚步声，我想这也许是每个人都想把心里美好的愿望变成现实吧。

　　游人到了阿木塔草原，一定要看蒙古男儿"三艺"表演。所谓"三艺"指的是蒙古族男子赛马、摔跤、射箭三项技能。古时候，由于生活和作战的需要，蒙古族儿童从五六岁起就要学习骑马，到了十一二岁就要随大人骑马放牧，到了十五六岁就可进行赛马或者骑马参与部落之间的战斗，马术好的人备受人们的尊重。如今马的使役功能和作战功能都已弱化，但赛马依旧是蒙古男人显示豪迈与英武的标志性项目。阿木塔草原有一片草场专门进行"三艺"比赛。游人在场地的三面坐定，比赛即可开始。三项比赛都是力与美的展示，心与智的较量，游人的情绪随着比赛进程跌宕起伏，时而击掌叫绝，时而扼腕叹息，经历一次竟会终生难忘。

来阿木塔草原是一定要品尝正宗蒙古族美食的。手把肉、血肠、肉肠、手掰肝等红食，奶茶、奶干、奶皮子等白食应有尽有，坐在蒙古包里，和着淡淡的草香，品着醇醇的奶酒，放下斯文，卸下面具，物我两忘，返璞归真。忽觉一股异香扑鼻而来，原来是烤好的全羊送到了大家面前。只见这只羊口衔青草，头顶花冠，通体油亮，跪卧方盘。是时，马头琴起，长调悠扬，颂词铿锵。贵宾被邀请到了前面为这只羊剪了彩，大家才得以共享。接下来，热情的蒙古族歌手开始为大家敬酒、献歌、敬献哈达，气氛由此达到高潮。顿时，推杯换盏，觥筹交错，轻歌曼舞，宾主偕乐。

月出东山，徘徊斗牛。面红耳赤之时，暑气渐退，天色已晚。一轮明月衬托出敖包苍凉的轮廓。

歌舞场上，篝火已经燃起，跳动的火苗将一颗颗跳动的心调整到同步，于是，篝火晚会开始了。舞曲一起，地无分南北，人无分老幼，皆有携手共跳之责，火热的歌舞场一时间热闹非常。阿木塔篝火晚会的节目单上当然少不了安代舞。安代舞于明末清初发祥于科尔沁草原南端的库伦旗。最初是一种用来医病的萨满教舞蹈，含有祈求神灵庇护、祛魔消灾的意思，后来才慢慢演变成为表达欢乐情绪的民间民族舞蹈。阿木塔草原历史上隶属于科尔沁部，安代舞素有传习。在领舞的引导下，大家围着篝火跳了起来，人人情绪饱满，个个动作洒脱，迅速形成了一场盛大的狂欢。

　　歌声阵阵，人影憧憧，篝火渐红，余兴未尽。此时，只有空中的月亮在默默地看着这一切，仿佛是在看一群正在天堂里嬉戏的孩子……

走进五马沙坨

窦风人

八月下旬一个晴朗的上午，我带妻子自驾摩托车从泰康镇来到五马沙坨观光游玩。虽然只有将近四十千米的路程，多少年来也曾经无数次地从她身边路过，但是我却有四十多年没有下车认真光顾这个地方了。这也是人们常说的"熟视无睹"吧。

五马沙坨地处杜尔伯特县新店林场和敖林西伯乡新兴村之间，林肇路东南侧苍茫浩渺的人造林海中，属县域中心腹地；它的面积约有3平方千米，全是由连绵起伏的沙丘组成，现在已辟为旅游风景区。区内没有任何人工雕琢的痕迹。景区和林肇路有红砖路相连，路端有红砖铺就的停车场。

我们把摩托车停在五马沙坨北侧的平地上，然后带着摄像机、遮阳伞和矿泉水，沿着东北边缘向南行进，越过几道小丘，缓步登上一座较高的沙山。站在沙山之巅，环顾四周，景区范围虽然不是浩瀚无垠，然而那绵延分布的沙丘却也层层叠叠，莽莽苍苍；整个沙山绝大部分被草树覆盖，显得葱葱茏

— 19 —

茏，蓬蓬勃勃；山间那块坦荡如砥的盆地里，那奇形怪状的老榆树下绿草如茵，繁花似锦。举目远望景区之周边，均被一望无际的人工林海紧密地包围着，俨然是一座绿海中的孤岛。那凌空飞舞的百灵鸟也似乎在鸣奏着醉人心扉的绿岛小夜曲。览胜至此，顿生光顾恨晚之慨。眼前的景观和我脑海里印象中的五马沙坨简直有天壤之别。

　　六十年代初，我家在敖林西伯乡新兴村六家子屯居住时，和小伙伴们挖柴胡曾到过这里。那时的五马沙坨周围是平坦无际的大草原，二十里地以外就清晰可见那高高凸起、黄沙裸露的沙丘群体。沙洼里生长着一些低矮的杂草，在杂草丛中，我曾经意外地挖到一棵长有九个缨子、拇指般粗细的柴胡，为此在伙伴中间炫耀了好长时间。橙黄的沙丘高高兀立，有的沙坡和丘顶上生长着零星的古榆树，这些榆树有的已经因风吹沙移，根部露出地面而躺倒，只有一两棵细根还连扯着沙砾，但还顽强地活着。在偏东南部一座最高的沙丘南坡，我们找到了人们经常说起的那座狐仙堂的遗址，但在那时就已经只剩下几块青砖头了，清晰地印证着它曾经的存在。据说在新中国成立前，这里曾经是抢劫者的乐园，他们凭借着沙坨的隐蔽和险要，经常秘密封锁北侧的从泰康通往敖林和他拉哈古道，对过往商贾和行人进行劫财，有的甚至图财害命，严重威胁着人们的出行安全。因此，人们曾一度对五马沙坨望而生畏。

　　如今眼前这片绿色的孤岛早已经不是那个恐怖的所在了，

更不是"养在深闺人未识"的少女，她已经成了人们怡神养眼的神葩仙苑、休闲之所了。对于五马沙坨的来历、沿革和演绎，本人没有什么研究。不过，一位朋友倒向我披露了一个传说故事：在很久很久以前，在人世间演绎出千古绝唱之爱情故事的织女被天庭软禁在银河岸边，狠心的王母娘娘只允许她每年七月七日和牛郎见上一面，这太残忍了！织女在百无聊赖之时，为了打发时光，找来各种颜色的丝线和织机，以其高巧的纤手，思运经纬，倾尽心血，博施爱心，织成了一块绘有金沙莽莽、榆灌苍苍、绿草茵茵、芍药馨香图案的云锦，以此来表达对人世间的眷恋，谁知在织女欣赏和把玩中，突然吹来一股天风，织女失手，云锦落下天庭，几经飘转，竟然越过中原地带，阴差阳错地落在这塞外蒙古人的大草原。从此，茫茫的杜尔伯特大地便多了一处美景。这个故事虽然可能是一种理想化的臆想和演绎，但它毕竟表达了人们对五马沙坨的认知和深爱。

为了寻求"欲穷千里目"之境界，我们继续向南爬过几道沙梁，钻过遮天蔽日的灌木丛，登上自认为是最高的沙峰。伫立山顶，虽然所处没有名山那样高峻，但举目远眺倒也仍有"会当凌绝顶，一览众山小"的感觉。此时，我举起了微型摄像机，把这沙山美景全方位地收进镜头。

置身这绿色的氛围，我的身躯感觉有些轻盈。于是漫步走近一棵老榆树下，伸手拥推一下粗皱开裂、布满沧桑的树干，然而它纹丝不动，能感觉到它的根深深地扎进几乎没有什么营养的沙砾，然而，它的身躯和枝杆是那样的苍劲挺拔，它的叶片是那样的茂密和湛绿。我想，这就是不屈和顽强吧！我俯下身去，伸手挖起一把黄沙捧在手心，那金黄的沙粒中没有一点细壤的掺和，没有一丝杂质的干扰。我想，这就是纯洁和忠贞吧！此时，我蓦然感觉到：五马沙坨——她的内涵，包括她的原始、她的神韵、她的厚重、她的纯真、她的质朴、她的含蓄以及她的包容性和有容乃大的胸怀一股脑儿地全在我的心苑中彰显出，我深深地爱上这五马沙坨了！身处这沙的主宰，绿的世界，我仿佛觉得灵魂在幻化中飞升，此时，什么卑琐、荒诞、杂念和不切实际的欲望及其莫名的惆怅都被这黄沙熨帖过的心灵之窗过滤而去，筛留下的都是大气、大度、阳刚、坦诚和平常心。

我已经深深地陶醉在这金沙莽莽、苍翠欲滴的世界中。

不经意间已经到了中午。慢慢地调整回来那迷迷离离、痴痴醉醉的心神，该是回家的时候了。我和妻子收拾一下，有些恋恋不舍地走下山来。

面对着绵绵的沙丘我信誓旦旦地喊道："我还会再来的，我的新宠——五马沙坨！"

花团锦簇争芳艳 杏香清幽入梦来

穆俊峰

　　几天以前，无由地做了一个梦，梦到小时候采野山杏的场景，醒来，静谧的夜空群星闪闪，像顽皮的孩子的眼睛，我久久不能入睡，回味梦中青青涩涩的味道，多少年，野山杏的味道挥之不去，一直缠绵在记忆中。

　　我的家乡是胡吉吐莫。胡吉吐莫蒙古语的意思是杏树疙瘩的洼地。现代人给了她太多浪漫的翻译，有的译成杏树湾，有的译成杏花村，还有的译成杏花盛开的地方等等。不论怎样翻译，都寓意家乡的美好和富饶，描绘娇妍遍布的野山杏之多。尤其是30年以前，这里的山冈、草原、沟沟坎坎无不有野山杏的身影。每当春天到来，野山杏便率先吐出花蕊，给这片广袤的草原带来勃勃生机，送来馥郁芬芳。一簇簇、一缕缕，或孤枝独秀，或数株紧抱。有粉红的、有雪白的、有白里透红和红里透白的，千姿百态，风采各异。当风和日丽，蓝天上白云飘动，山坡上的绿草如茵，杨柳新芽初吐，那真是绚丽的画卷，多彩的诗篇，流动的牧歌。当你置身其中仿佛是童话的世界，你会陶醉，你会痴迷。

儿时所经历的是一段贫困却快乐的日子。到了山杏结果的日子，逢上星期天，常常结伴去采杏。到了山冈之上，便闻到大草原的味道。草原的味道是牵牛花的味道，是辣辣根的味道，更是野山杏的味道。

最初，野山杏极嫩。像苏东坡词中描写的那样"花退残红青杏小"，杏小时杏肉和杏核分不开，放在嘴里只感觉是清清爽爽的一滴水。稍大一点时，暗红墨绿的杏果，带着细细的绒毛，用指甲沿着杏果的沟一划，掰开，里面是小小的像心一样的杏核了，她洁白无瑕，在翠绿包围下，像是沉浸在梦中，轻轻一挤，就有一点苦涩的水喷出。我们的一群小伙伴在享受青涩果实的同时，取出那粒小小的、白白的杏核，用手捏着，指向小伙伴，当一股股细小的液体"射"出去，大家彼此躲闪着，追逐着、嬉笑着、快乐着。把绿色的果肉，放在嘴里一嚼，酸酸的、涩涩的，特别清爽，那时没有什么水果，野山杏就是我们最好的水果，常常吃到胃不舒服为止。

吃了很多山杏之后，我们便开始采杏回家。先是把所有的衣服口袋装满，再就是把衣服束进裤子里，扎紧腰带，把采下来的杏装入"肚子"里，还嫌不够，找一个挂满杏的枝条劈下来，扛在肩上，唱着歌，满载而归，一身的土，一头的汗，那才叫一个痛快。

回想童年趣事，现在依然忍俊不禁，我们享受了青涩的少年快乐时光，享受了玩耍的无忧无虑。每当春天来临，满山遍野的杏花开放的时候，我们便有了期待。如今，几十年过去了，常常魂牵梦绕地回味那青涩的童年、少年时光，野山杏的味道依然浓烈，依然韵味悠长。

现在随着年龄的增长，对很多事情都没了兴趣，缺少了热情，没了激情，变得迟钝木讷，真的怀疑是否患上了老年痴呆症。但重提往事，说到少年时光的懵懂与天真，立刻来了精神。啊，童趣还在，真情还在，激情还可以点燃，啊，我还没有老！

今年的 5 月 3 日，马场的老同学，邀请我们高中的几个同学到马场大山去看杏花，说得文雅点是"赏花"。回忆童年往事，追寻逝去的时光，放松紧绷的神经，述说同学的友谊，我觉得这真是好主意，便欣然地接受邀请。同学见面自然亲切万分，一番寒暄，一番问候，相互凝视，仔细端详，都已年过花甲，满脸褶皱，青春的容颜早已逝去，各个苍颜老态，不过精神状态尚好，在爽朗的笑声中，仍然充满青春活力。

经过商讨，大家一致同意把汽车放在同学家，徒步上山，寻找当年的感觉。

说起马场大山，是当地的俗称，而地理名称叫"多克多尔山"，海拔 198.8 米，是全县的制高点。这里有许多神话传说，二道湾子的狐仙很是灵验，山顶有很多小庙，据说是得到"驱病去灾"灵验之后的人所建。

　　我们沿着崎岖的路向山上走去。这座山的东坡很缓，西坡很陡。山腰间是一片片、一簇簇的杏花，朵朵开放的是那么娇小，白里泛红，惹人喜爱。"道白非真白，言红不若红。请君红白外，别眼看天工。"古人的诗句真实地道出了杏花的特点，其胭脂万点，花繁姿娇，占尽春风。

　　说到杏花总会联想到梅花，杏花与梅花同属蔷薇目，蔷薇科，说到"凌寒独自开"，杏花胜过梅花，梅花虽然开在冬季，但南方的天气并不冷，开花时的温度在零度以上，而杏花要经受北方零下 30～40 摄氏度的严寒，开花时北方早春的温度也在零度上下，所以说杏花更具风骨，更有坚忍不拔的精神，更值得加以赞赏！

　　在欢乐说笑的气氛中上山，并不觉得路远。同学们拿出照相机、手机，或花前，或花后，摆出各种姿态拍照，相互嬉笑着，打闹着，追逐着。在追逐中寻找童年的天真烂漫；在欢笑里唤回少年时光的青涩梦想。尽管我们都已年过花甲，尽管脸上平添了许多的皱纹，但在杏花的映衬下，越发显得青春靓丽，充满了蓬勃朝气，尤其是成熟和老练的神情更加光彩照人。

　　是日，天朗气清，微风扑面，吹来泥土的气息，带来杏花的芳香，此时神清气爽，心情舒畅，真的飘飘然也，忘记忧烦，忘记年龄。"老夫聊发少年狂"，向山上快走。山顶有座小庙，庙门两侧镌刻一副对联，上联是："西峰矗立一深山"；

下联是："苍莽盖世几千载"，横批是："有求必应"。

同学们虔诚地进入庙中，纷纷上香祈祷，每个人都默默念叨，许着自己的心愿，大概是保佑平安吧！

站在庙前，这是山的制高点，四面远眺，苍苍茫茫的大地尽收眼底，正所谓"欲穷千里目，更上一层楼"。东面的马场村淹没在苍翠之中，西面山下嫩江江畔是上万亩稻田。翻地机车的轰鸣声远远传来，西南山脚下笔直的引水渠，渠水波光粼粼，南北山冈层林叠翠，起起伏伏。此时虽不能把酒临风，但也心旷神怡，宠辱皆忘，欣喜之情溢于言表。此时，感慨颇多，亦有浮想联翩之意，感慨人生之短暂，感悟岁月之飞速，年华珍贵，匆匆而逝。如何让我们的余晖中放出更加绚丽的光彩，有所作为，让我们不愧于这个伟大的时代，不禁让我沉思。

几年来，我从事关心下一代工作，致力于下一代的培养教育，让自己的晚年放出光和热，为下一代的健康成长做一点工作。在工作中我体会到了这项工作的重要和艰巨，深深感到责任的重大，我要让晚年的余晖放出灿烂的光彩，像这多彩的杏花一样，散发出馥郁芬芳，香飘万里。

何必去寻找　家乡即天堂

冯文洁

　　特木尔巴根局长用蒙古男人特有的浑厚的极富感染力的嗓音深情地唱起了《鸿雁》这首歌，说是为了欢迎我们这漂泊在外的蒙古子孙回乡祭祖省亲。我们的身心立刻被滚烫的亲情、乡情和民族情融化，眼里噙满了泪水。杜尔伯特——我们的家乡——我们已经离开你太久太久了。

　　我的爱人小学毕业就考入了齐齐哈尔民族中学，离开了家乡，在外面学习、工作、娶妻生子。他离家出走的时候只有十几岁，现在已年逾古稀，满头华发，真可谓"少小离家老大回"。我虽然不是出生在杜尔伯特，但我是杜尔伯特的媳妇，早已自诩家乡人了。虽然我们没有为家乡做什么大的贡献，但心里的怀念之情还是殷殷切切，无法排解。几十年来，虽然回家的次数不多，但始终关心着家乡的父老乡亲的生活，关注着家乡的山水草木。

　　我的婆家在巴音查干乡朝尔屯。第一次来婆家的情景还历历在目。那时，未见面的公公婆婆已经年近六旬，知道儿子有了女朋友就说："让我们看上一眼，就是死了也放心了。"听了这话，无论如何我也得满足二老的心愿，我只身去了朝尔屯。那是 1967 年冬天，是我第一次回家认门儿。

从县城到朝尔屯有 200 多里的路程，没有公路，没有客车，只有乡道。敞篷的"解放"牌卡车在冬天的草原上颠簸，走了三四个小时，才到了巴音查干乡，也叫王府。同车的人长得什么样、沿途经过了哪些地方都无心观看，印象最深的是草原的空旷和寒冷：刺骨的寒风、扬尘和颠簸。下车时，整个身体都冻僵了，脚都冻得不会走路了。我们乘的汽车到巴音查干就不走了，我爱人来接我，早已等在路边。我们还需要步行 20 里，从一道大坝上走过去，才能到家。在大坝上走走，腿脚开始活泛起来，身上也暖和多了。大坝的一边是田野，另一边长满了芦苇和灌木，很少有人行走。

婆家是两间土坯房，一间卧室，一间厨房。卧室里是南北炕。南炕两个破旧的木头箱子上放着简单的行李。除了这两个木箱子和一张吃饭用的炕桌之外，再也没有其他家具。窗户是用纸糊的，中间镶嵌着一小块玻璃。那是一种专门用来糊窗户的纸，所以叫窗户纸，几乎是家家都用它，弹上一点油，也可以透一点光进来。四壁用家乡特有的白土刷过，屋里虽然简陋，但是还算整洁。这种清苦中的整洁里蕴藏着公公婆婆对美好生活的希冀。他们早在新中国成立前就把大儿子，就是我们的大哥，送去参加了解放军，又千辛万苦地供我爱人念书，使他终于成了朝尔屯的第一个大学生。他们希望孩子们的生活会比他们这一代好。房子里没有暖气，也没有烧煤的炉子，实在太冷了，就烧一会儿干锅取暖。现在的年轻人肯定不知道"烧干锅"是怎么回事。"烧干锅"就是铁锅里不加水，直接用柴火烧，锅烧热了，有时都烧红了，烤得屋子里很快就暖和起来，不烧火了，锅就凉了，屋子里也就慢慢地冷下来。冬天的晚上，天黑得特别早，没有电灯，婆婆拿出煤油灯，特别仔细地擦拭着灯罩，以便让它更亮一点。那时候，大家还不知道电视为何物，也没有其他的娱乐方式，说一会话儿，就吹灯睡觉了。清晨，公公很早就起来，挑着水桶走很远的路，到南河去挑水，然后就扛着很大的耙子到草甸子上去搂柴火。由于他老人家的勤劳，家里的日子还可以勉强维持，我爱人也得以完成学业。

　　我的到来是屯子里的新鲜事，亲戚邻居都来家里串门儿，看看城里来的媳妇。东家送一棵酸菜，西家送一碗咸菜。东西虽然不多，但在那个生活物资极端匮乏的年代，这已经是难能可贵的了。最让我难忘的是四表哥不知道从哪儿弄来了一只野鸡，婆婆高兴得不得了，做了"野鸡扣咸菜"和小米饭招待我。这是我那次在朝尔屯吃过的最美味的饭菜，既有家乡的味道，又饱含乡亲们的情义，半个世纪过去了，它仍然留在我的记忆里。每每想起朝尔屯，除了寒冷、土坯房、泥泞的道路，还有"鸡野扣咸菜"的美味。

　　我们在外边的几十年，走南闯北到过不少地方，每当看见中国南方农村的砖瓦房，就会想起朝尔屯乡亲们还住着土坯房，多么盼望朝尔屯的乡亲们的生活能有所改变。一晃又有四五年没回去了，去年表妹来我家串门，说屯子里变化很大，都盖了砖房，生活也富裕了，希望我们回老家看看。有人说"小康不小康，回家看老乡"，我们也急切地想回来看看究竟变化有多大。如果乡亲们都过上小康生活，中国的小康社会就不远了。

这次回乡是在夏末秋初，先是从外地回到大庆，然后又从大庆开车没有经过县城直接去了朝尔屯，途中路过大庆采油九厂和绿色草原牧场。一路上公路交错，绿草茵茵。抽油机不停地向大地叩头，羊群悠闲地在草地上吃草，映入眼帘的一幕幕都让我欣喜。走近胡吉吐莫和巴音查干草原，我们就发现了奇迹：一碧如洗的蓝天下，一台台一排排高大的白色风机矗立在无垠的原野上。有两片叶子的，有三片叶子的；有的正在安装，有的已经开始旋转。巨大的叶片迎风起舞，犹如无数白天鹅在天空飞翔。据说，这是目前东北单机发电量最大的风机，是大庆风电基地的一部分。我不由想起了婆婆的煤油灯和她老人家擦拭煤油灯罩的样子，我的眼睛湿润了，没有电的日子已经成为我们遥远的记忆。敖古拉风口的风啊，你送来的不再是寒冷和扬尘，你吹动了白天鹅的翅膀，送来了绿色能源的光明，送来了家乡更美好的未来。

一进屯子就觉得老家变样了，老式的土坯房不见了，红色屋顶、蓝色屋顶的大砖房，比比皆是，一个比一个漂亮。前后大院，猪牛满圈，前院养鸡鸭，后院种菜瓜，真让我羡慕。我不由得像一个地道的蒙古老太太一样，"啧啧"地赞叹起来。堂兄家的门前停着好几台车，轿车、面包车、大小农用机车，孩子们怕我们用车，都开着车来了。

　　回到老家的一件大事是祭祖扫墓，我们是坐着本家孙子开的大胶轮去墓地祭奠的。我家祖坟地处江套子里的一个小岗子上，我们的公公婆婆，还有太爷爷太奶奶等都葬在这里。所谓的"江套子"实际是嫩江的二道江的泛洪区，从前涨大水时满眼都是水，不涨水时一片荒凉，到处是沙坨子、河汊子和荒草，也是早年朝尔屯农牧民的春秋牧场。听我爱人说，他们小的时候，这里是小伙伴们打鱼摸虾，采摘山里红、山丁子等野果子的好去处。每当春暖花开后，大人们总是把家里不用的牛马赶到江套子里自然放养，天冷时赶回来就行了。而眼前路旁映现的已不是昔日荒凉，展现在眼前的是大片大片的稻田，沉甸甸的稻穗已绿里泛黄，正等待着卖个好价钱。今年嫩江涨大水，但这里的稻田毫发无损，只有一条条整齐的水渠似乎提醒着我这里曾是泛洪区，更加令人奇怪的是那些无处不在随风行走的沙丘也不见了。看着地里的庄稼，孩子们谈论的是谁家的收成好，谁家的水稻价位高，张口就是十几万、几十万。除了种水稻的收入，还有玉米、绿豆等其他作物，养的牛羊猪、鸡鸭鹅，一年的总收入真是可观呐。三表弟是农机专业户，不用种地，一年就有几十万的进账。哦，真是了不得，他们真的富起来了。躺在嫩江臂弯里的先人们听了这些话也应该含笑九泉了吧。

以前我们回来的时候，总是先在县城停留一下，买点蔬菜水果鱼肉什么的，以便亲戚们聚餐时候用。听表妹说，朝尔屯也有好几家饭店了，所以这次我们没买东西，午饭就到饭店去吃。堂兄堂嫂、堂妹夫妇、表妹夫妇、表弟以及后辈孩子们几十个人都来了。一桌、两桌、三桌，一瓶、两瓶、三瓶，白酒、啤酒、红酒，喝个痛快，聊个痛快。在朝尔屯，大学生已经不是什么稀罕物，现在，不但有了第二代第三代大学生，出国留学的洋硕士、洋博士也都有了。生活好了，人们的心气儿也高了，抱在怀里的重孙子取名"硕博"，意思是一定要多读书，不读到硕士和博士不罢休。席间，表妹非得让我去她家看看。我知道她家在屯子西头，比较远，有点犹豫。她说："有车你怕啥？"你看，我还忘了有车这个茬了，还用老眼光看问题呢。于是我们就坐上孩子的车去了。远远地就看见表妹的大院，房子用粉白相间的油彩刷过，这俨然就是一个富人的小别墅哇！真是应了那句话"砖房别墅在乡下，农民开车全自驾"。进屋换鞋以后，表妹打开冰箱冰柜说："你想吃啥，拿吧，鸡鸭鱼肉全是绿色的。"逗得我咯咯地直笑。我说："我啥也不要。看见你们过得这么好，我就高兴了。"

这次回乡真是没白来。快乐着乡亲们的快乐，幸福着乡亲们的幸福，牵挂他们的心也释然了。

从朝尔屯出来，我们又取道县城，想看看多年不见的同学和朋友。除了老友相见的喜悦之外，更让我们激动的是县城的变化。楼房林立，空气清新，既有民族特色，又有现代化气息。听朋友们介绍，杜尔伯特已经成了鱼米之乡、温泉之乡，旅游之乡。自然风光、民族风情的旅游景点可多了：寿山度假村、连环湖露天温泉、当奈湿地、吉禾赛马场、松林公园等等。落户本地的知名大企业也不少，伊利乳业、联塑型材、合隆羽绒等等，这些都带动了杜尔伯特经济的发展。我们的家乡——杜尔伯特已经成为黑龙江版图上的一颗璀璨的明珠，成了蒙古人的骄傲。

我们在草原广场照了相，又来到位于宾馆旁边的天湖公园。在这里，我们看到的是自然景物跟现代建筑的完美结合，它就像一个气质高雅洒脱的新贵，魅力无限，让人流连忘返。放眼望去，蓝天白云，碧波荡漾，水鸟在湖面上飞翔，草原乐曲伴着喷泉流淌。漫步在这里，就像游子回到了母亲的怀抱。那种温暖亲切的归属感，不是人人都会有的，只有蒙古人的子孙才能体会到。这个过去被叫作"小蒿子"的杜尔伯特小城堪比人人向往的欧美小镇。何必去寻找？家乡即天堂！我又一次热泪盈眶。

杜尔伯特——我美丽的家乡，我们还会再回来的，希望你越来越美好！

秋天我们一起看草原

姜海枫

我站在这片草原上，呼麦和长调仿佛刚刚在草尖上擦过，那蓝天上的白云和草地上的羊群，白银般轻轻地撒在草原上，这歌词里唱过的情景仿佛就在眼前。

带着新奇带着动感，我们一路风尘，走了很远的路，来到杜尔伯特蒙古族自治县的阿木塔草原，这个鲜花肆意烂漫的地方，下马酒和歌声不但让你在盛情和醉意中饱尝蒙古人们待客的淳朴民风，更深深地领略秋天阿木塔的风光，沉沉地品味美酒和人情的内涵。

阿塔木这充满智慧和富饶的草地，地处杜尔伯特蒙古族自治县境内、乌裕尔河末端，是一个三面环水、一面陆地相连的生态岛。这里古朴自然，水洁风轻，未经人工斧凿的自然风光。站在岛上远眺，清澈的阿木塔湖，烟波浩渺，水天相连，银色的沙滩与岸边的太阳伞组成一个大型戏水游乐场，让喜欢戏水者流连忘返。热情好客的导游小姐告诉我们，这里每年栖息着苍鹭、大雁等上百种珍禽，春夏两季水鸟啁啾，蛙声阵阵，在岛上你可以听到各种昆虫鸣叫，可看到各种不知名的野花盛开，真是置身于此，陶醉其中了。午餐我们安排在阿木塔蒙古大营，这是一个集饮食、娱乐、住宿为一体的综合性服务场所，也是一个尽展蒙古族传统文化和风土人情的营地。一排排白色的蒙古包，像刚刚飞落的大雁；一对对勒勒车，承载着远古的文化走来；一面面草原旗；迎风招展，一群群穿着民族服装的青年男女，手捧哈达，列队迎宾。下马酒和祝酒歌，最能体现蒙古人的好客和热情，也是最让宾客们不知所措、手忙脚乱的时刻。席间，我们还欣赏蒙古舞蹈，倾听天籁般的蒙古长调和悠扬的马头琴，这种民族文化与饮食相融的用餐方式，能最有效地调动起宾客们的酒性，大都有"不醉不回还"的冲动。仿佛让你走进远古时期的蒙古族部落，置身于自然与美的怀抱。在阿木塔蒙古大营，你食有烤全羊，饮有马奶酒，宿有蒙古包，坐有勒勒车，毫不夸张地说，在这里你可享受王爷般的礼遇。

走笔至此，我真为生活在这里的人们感到庆幸，并为他们祝福。当我们要告别阿木塔时，一阵爽风吹来，抬头望去阿木塔满眼秋色，一个五颜六色的季节，一个成熟与收获并存的季节正在走来，走进阿木塔的怀抱。

珰奈湿地美如画

任凤翔

在哈大齐工业走廊的杜尔伯特县域东北，有一处广袤无垠的沼泽地。它东毗林甸，西抵高铁；南邻县垣，北连扎龙。这就是闻名遐迩的自治县八景之一——珰奈湿地。

珰奈，蒙古语为仙女，传说很久以前，曾有仙女在此降临。她像一颗璀璨的明珠镶嵌在松嫩平原的大地上，光彩照人，绚丽夺目。一年四季吸引着无数的中外游客，纷来沓至，观光旅游。

这里水域辽阔，苇草丰茂；水产物种繁多，野生动物出没。人们称之与浑然一体的扎龙国家自然保护区为亚洲第二大湿地。

初春，候鸟陆续迁回，可仰视雁阵掠月，可俯聆群鹤鸣晨……渐渐地鸟巢遍布滩、原、岛、洲及芦苇之中。盛夏，雏鸟羽丰，苇翠蒲芳。芦苇与香蒲、水葱、针兰之属结成密密实实的屏障。登高眺远，碧翠接天，随风涌浪；芦苇深处，船道纵横，水绕苇转，犹如迷宫；常见睡莲照影，浮萍逐波；苍鹭婷立，绿凫惊飞；蜻蜓点水，彩蝶翩妍。仲秋，俯仰环顾碧水蓝天，举目欣赏群鹭飞天。常常远望泛舟与芦苇掩映，晚霞与夕照相辉，感受诗人王勃的"落霞与孤鹜齐飞，秋水共长天一色"的诗情画意。深冬，这里是冰雪的世界，芦苇的寰宇。茫茫的村野银装素裹，好似铺满了碎琼散玉。一座座苇垛、苇包垛横亘于滩涂之上，像银山雪楼，也像白色城墙，烟笼雾罩的清晨，常常可见"忽如一夜春风来，千树万树梨花开"的美丽景观，那就是伏于苇花树枝上的东北一绝"雾挂"。

1975 年冬，我首次到珰奈苇场（芦苇公司第四分场）调查临时用工情况，才发现这里人稀地广、资源丰富。据苇场领导人王佐山、杨传宝介绍，珰奈的苇塘面积 57 万亩。冬天是用工旺季，收运贮管、加工打包，往往需要几百人，人力资源涉及冀鲁"一百单八县"，每年为国家提供造纸和编织原料数千吨。

苇塘中，盛产鱼虾等水产品，尤以泥鳅、湖岁（柳根池儿鱼）、鳢鱼（老头儿鱼）、罗汉（麦穗鱼）、田鸡（哈什马）、水鳖等，堪称餐桌上的"奇货""佳品"。

草原上，常有狐貉獾兔奔跑出没。牛羊成群，鸡鸭遍地，是畜禽发展的好地方。但由于当时遏制"烟筒屯冒黑烟"（资本主义），多种经营、旅游产业始终未能形成发展。

2003 年，大庆市建设局为把珰奈建成全省生态示范村，投资 30 万元，修筑公路，改建码头，建设农家庭院，美化绿化环境。同年 6 月，烟筒屯镇投资 5 万元，从武夷山购买 25 张竹排作为水上旅游观光的交通工具。投资 20 万元，建成新颖别致的观鹤亭建筑群。

2004 年投资 60 万元，增购竹排 70 张；扩建竹排码头；停车场和钓鱼池；开辟环形水道，开发湿地浮潜项目。当年我陪哈尔滨客人再次到珰奈，时代发展的步伐常常超越旅行的车轮，29 年的沧桑巨变，真可谓翻天覆地，今非昔比。昔日的泥土路变成了柏油路；昔日的泥洼子变成了美丽的风景区。

我们坐在竹排椅上，听导游讲解，赏周边风光。时而伸手捉拿苇叶上的蜻蜓，时而驱赶藻叶下的鸣蛙。用竹排去丈量祖国在这里的每一寸水土，以歌声感悟"小小竹排江中游"的美妙意境。

午餐设在农家院餐厅。有的人没见过水鳖，有的人没吃过田鸡，不敢吃，也不知怎么吃。服务员耐心地讲述这些东西的做法、吃法及其营养价值。人们似乎觉得：越是土的东西，往往越是珍贵。生活在城市钢筋水泥禁锢里，谁不想嗅到泥土的芳香，感受大自然的回馈呢？每个人都笑逐颜开，欢声笑语打破多桌的界限。有人说：这是 21 世纪最快乐的一天。

2008 年和 2012 年，归隐林下的我，分别安排同学聚会和随社区参观团到湿地旅游。每一次来，都感到这里的变化日新月异，蒸蒸日上。旅游项目不断增加；旅游设施不断完备，旅游人数与日俱增。

县、镇政府不断投资，提升了景区的层次。2005 年投资 70 万元，辟建了 2 万平方米的荷花池、420 平方米的码头游客接约中心和千米苇海长廊，游客可乘竹排到观鹤亭观光休憩，然后沿长廊返回码头。时任副县长的韩卫忠为观鹤亭撰写楹联：

苇海莲塘曲曲层层皆入画；长烟碧水晴晴雨雨总宜人。

2006 年投资 600 万元，建百鸟园，从哈尔滨动物园购买珍禽 100 只，品种有丹顶鹤、白枕鹤、灰鹤、冠鹤、蓑羽鹤、琵琶鹭、白鹭、灰鹭、鸿雁、灰鹳、中华鹳及鸥类 5 种、凫类 10 种。

2007 年，国家和市旅游局发展基金会投资 100 万元，自筹 700 万元，重新建筑烟泰公路至景区 10 千米油漆路，贯通妖灵泡，扩建停车场 4 000 平方米及水冲式公厕。

据导游介绍，2008 年，大庆首届湿地文化节期间，百湖圣水采集仪式在珰奈湿地妖灵泡举行。同时举办端午龙舟赛、湿地探险、自助打鱼、湿地人家生活等，并为游客表演了"百鸟放飞"节目。

此次旅游，议论最多的是乘竹排的体会。有人把这里与九曲溪、与漓江比，有的说相形见绌，捉襟见肘；有的说不能相提并论，不可同日而语；有的说各有特色，各有千秋。最后统一认识：桂林山水甲天下，武夷山水亦称奇，珰奈风光显特色，何必评论比高低。

2009 年投资 600 万元，增设苇海长廊背景，音响设施，购买龙舟、电瓶车、脚踏船。改建仿竹排码头，百鸟园山水互动瀑布、珰奈湿地展览馆、地方产品和旅游纪念品展销中心和 500 平方米大理石文化广场。

2011 年，在这里举行了"定情湿地，大庆百对新人婚礼"活动，场面热烈、歌舞醉人。2012 年，景区领导听说我们来自社区，特意赶来为我们讲解。

在这里，可以赏莲、观鸬鹚、赶野鸭、捕鱼虾；在这里，可品评工艺精湛的苇帘、苇篮、苇盒、苇提包和妙趣横生的苇画；在这里，可观赏鸟儿展翅和鹦鹉叼钱，可聆听鹦鹉说话和白鹤长鸣。

这里有万亩湿地鸟园，千米实木栈桥，百米购物长廊、灯光音响俱全的鸟类表演场，足可使你心旷神怡，流连忘返。总之，这里是旅游观光、休闲娱乐、陶冶情操的好地方。

我常陷入沉思：绿水青山是金山银山，冰天雪地也是金山银山。生态文明建设，可持续发展的科学发展观，杜尔伯特"三县建设"的发展战略，像闪电一样在我脑海中萦绕。我不想在这里赘述他们的辩证关系和深远意义，就让珰奈湿地作证，以另文论述吧！最后以我的一首小诗作结。

珰奈扎龙一水间，仙鹤野鹜蜚声传。

风吹草伏见碧水，日映水荡赏睡莲。

竹排运载八方客，蒿杆顶起一方天。

草亭构建和谐美，栈桥永与幸福连。

野 菜 新 说

付本忠

多少年来，人们对野菜的认识一直是停留在饥饿和贫困的印象中。直到这几年，我才从这个层面上有了根本的转变。

我小时候是在杜尔伯特的乡村长大的，那时家里的生活十分贫困，主食常年靠玉米、谷子、高粱，副食就更简缺了。夏天靠大地的茄子、南瓜、豆角等大众菜维持，漫长的冬天只有白菜、土豆、萝卜等老几样，秋季时要晒干菜，以备开春吃。但春天青黄不接时，干菜接乎不下来，就只得靠野菜了。野菜使贫困的人们免除了饥饿……

杜尔伯特野菜的种类很多，有猪毛菜、线菜、苣荬菜和婆婆丁等。其中婆婆丁下来得最早。一到初春，大地上的第一抹新绿就是婆婆丁，先是拱出一个芽芽，而后出来几个叶片。这时母亲就带着我到野地里去挖，有时挖一上午，只挖到半篮子，回家用水洗净，盛到盘子里，蘸着自家做的大酱吃。父亲说，野菜养人。母亲说，大苦春头子的吃点野菜败火！他们一边吃一边说好吃，我却吃着满嘴泛苦。十天半月后，婆婆丁就老了，不能吃了，生出了梗子，开出了黄灿灿的小花，这就是学名叫蒲公英的那种植物。我很喜欢听唱蒲公英的那首歌："我是一颗蒲公英的种子，谁也不知我的忧愁和悲伤，妈妈给我一把小伞……"我眼里的蒲公英就擎着那把小伞去传播春的讯息。后来才知道蒲公英还是一种中草药，并可制成苦丁茶。在我的家乡它被称为报春的使者，它生命力极强，能在严寒中破土生芽。它的花像一把小伞，被风一吹就飘走了，飘到哪里，就把种子洒到哪里……蒲公英的表演完结、谢幕，就该吃其他野菜了。苣荬菜首当其冲，苣荬菜很苦，也只能蘸酱吃；线菜可以做汤；猪毛菜用开水焯过后，可以凉拌吃……童年的记忆里吃野菜是较贫苦的一件事情。

那时野菜是分季节的，大多集中于春夏时节。多年后我去山区，发现他们在秋季也有许多野菜，种类更是多得数不胜数。什么蕨菜、柳蒿芽、刺嫩芽、黄瓜香、刺五加叶、野生猴腿儿等等，多得数不清，这些野菜有的可以包馅，有的可以烹炒，有的可以凉拌，也有的可以做汤……不管哪样做法也多算可口。吃山区的野菜，虽有一种新鲜感，但与杜尔伯特的野菜比，还是家乡野菜清香爽口，回味无穷……吃饭的时候，我看到朋友们都越过鱼肉，把筷子伸向那些野菜。朋友告诉我，40年前，野菜可不这么受欢迎，都是充饥不得不吃的东西，那时山区也一样穷，野菜也就成了穷人的命根子。

如今吃腻了鸡鸭鱼肉、生猛海鲜，饮食上都追求养生化和保健化，人们的生活水平发生了天翻地覆的变化，饮食已经不仅仅是满足肠胃的需求了，还要讲求营养。现在人们到饭店总是喜欢点上一道或几道野菜，那是因为吃腻了大鱼大肉，生猛海鲜，吃多了蔬菜水果，就格外想吃这纯天然的无公害绿色食品——野菜，既可以改善口味，又可以保健养生。现在有温室大棚，不仅一年四季蔬菜新鲜，野菜也不断，不像过去只有春季才能吃到野菜。厨师也会做，几样简单的野菜他可以花样翻新，做出不同口味的菜品来，煎炒烹炸，煲汤做馅，既保证好吃，又兼顾营养。如今野菜成了新宠，价格自然随宠而贵，昨天家中来了贵客，我去超市买菜，不经意间扫了一眼菜价，大白菜每斤 0.68 元，婆婆丁每斤 66 元，走近细看，哪是 66 啊，那是 88 啊！我还是疾步上前买了些带回去。小小的野菜，给生活增添了清新的色彩。饭后茶余，我们谈论着野菜，憧憬着更美好的未来！

多克多尔山村美

曲文河

夏日的乡村，山清水美，风光旖旎，天空是那样的湛蓝，蓝似广阔的大海，一湾清澈的乌裕尔河水，涓涓流淌。河上一架跨河大桥，一条油漆路宽阔而又平坦，这条路通往杜尔伯特县第一山——多克多尔山，此处也是全县最高点，海拔 198.8 米，山顶有两处小庙，据说是得到驱病去灾灵验之后的人修建的，很有些灵气。

时日正是端午佳节，我约了几个朋友，打算到多克多尔山搞一次野外聚餐活动，体验一下在野外埋锅造饭，手扒羊肉，江水炖江鱼及用干牛粪与干树杈烧制的奶茶，品味一下蒙古人的野外生活，重温鱼窝棚的"鱼锅饼子"，应该是别有一番情趣。

当我们驱车来到马场村，远远望去，一方广场，一片红砖瓦房，平坦的水泥村路，绿柳排排，偶听几声鸡鸣犬吠，几道秀险的屏山，环绕着山村的寂静。放眼多克多尔山，轿车在穿梭，扬起阵阵的尘沙，山上山下人声鼎沸，这里没有舞台，人围成一圈就是场地，发电机在远处的树丛中轰鸣。江湾乡演出队，带来秧歌、"三句半"、广场舞，还有永丰村稻花香演出队，她们为我们带来广场舞、独唱、对唱，一曲"草原魂"，让人听得如痴如醉。

我们徒步往山顶走去，多克多尔山的西坡陡峭，东坡平缓，满目桑榆野杏树尽收眼底。桑葚还没有成熟，绿绿的、成串地倒挂在枝丫上，显得那样的青涩。我们信步走上山顶的小庙前，庙门上清晰可见的一副对联：上联："两峰矗立一深山"，下联："苍茫盖世几千载"，横批："有求必应"。小庙前挤满了上香祈福的人们，很多的供品花样繁多，有粽子、长白糕，有饼干、月饼，有苹果、橘子、香蕉等等，缕缕香烟环绕山顶，渐渐向远方飘散。我们也好不容易挤了一块地方，摆上贡品，燃起香火，默默地祈福新的一年风调雨顺，四季都平安。

站在多克多尔山山顶，向远方的天边望去，雄鹰在蓝天上盘旋。片片祥云俯瞰着这块神奇的山峦，缕缕清风吹来了泥土的气息，山坡的野花在盛开，有手镯花、百合花、马莲花，还有更多不知名的小花，绽放着她的芬芳。蜜蜂与彩蝶在花丛中飞舞，争食着花蜜。山脚下乌裕尔河水随山环绕，流向与嫩水的交汇处。翻地的机动车在远处轰鸣。极目远眺，嫩水澎湃着粼粼波光，向着江湾流淌，万顷的稻谷郁郁葱葱。多克多尔山南面北面，都是层林叠翠，马场村淹没在苍翠之中。醉闻鲜花的芳香，聆听百灵鸟与布谷的声声歌唱，此情此景，虽说把酒临风，但更让人心旷神怡，欣喜之情难以用语言来表达，庆幸自己赶上了好时代。时间过得真快，一晃儿就到了下午两点多钟，我们游兴未尽赶紧下山，找了一块背风的山旁做着准备工作。羊是早上在邻村买的，牛奶是朋友家现挤的，鱼是提前在江边预订的。大家有拾柴的，挖锅台的，宰羊的，杀鱼的，大家忙了将近两个小时，一脸的汗水，但是都很开心，有说有笑，有的人在录像，有的人在弄音响，准备了六道菜，有手扒羊肉、江水炖江鱼、尖椒杂拌、芹菜羊肉、韭菜鸡蛋、家常凉菜，很是丰盛。一曲《我从草原来》的歌声拉开了午餐的序幕，开席前蒙古师傅为大家端上来奶茶，每人品尝一杯，轻轻入口很柔，清香甘甜，真的好喝。第一道菜"手扒羊肉"一登场，香飘四方，环绕山顶，羊肉蘸着纯野生韭菜花，真是人间美味。都说江水炖江鱼，一把盐，一勺酱，几颗红辣椒，一瓢江水，炖出的鱼，与在任何一个饭店做出的味道都不一样，就是一个好吃。谁也无法解释其中的缘由，我想，吃的是在野外的感觉，再者就是和大自然亲密接触的心情，鱼是刚从江里打上来的，吃的就是一个鲜吧。每人一首歌，提一杯酒，或者是讲一段吉祥的话语，也可以说段顺口溜，总之，有说有笑有歌声，花香酒浓，情到深处，不亦乐乎！

流水潺潺，晚风飘荡，行走了一天的太阳，也渐渐地挨近多克多尔山，但却显得更大、更圆、更红，晚霞的红彩洒落在水面上，被风吹皱，碎成斑驳陆离粼粼红光，一片清柔暮霭，在水面上浮游着。当我们驱车下山路过马场村时，满街的村民奔向广场，很多不同年龄的人们跳着广场舞——"你是我的小苹果"。随着优美的旋律，身体在起伏，弯腰、踢腿、前倾、后仰，既快乐又健康。广场上还有下棋的、玩单杠的、打篮球的、打扑克的，转圈围了好多人，劳作后的村民们沉浸在融洽和谐的休闲时光里。

　　太阳落山了，一弯玄月又高挂在天边，她清亮而温柔，更像一位姗姗来迟的仙女，那样的温文尔雅，那样的婀娜多姿。月光如纱如绸，如银如水，洒满了整个大地，树影婆娑，屋影朦胧，我们沉浸在这诗情画意之中。大家，开始了返乡之路，踏上归程。

家乡的四季

楚世华

年少时记忆中的连环湖总是那样的美丽……

初春，冰消雪化，万物萌发。成群的候鸟飞了回来，盘旋着，鸣叫着。田地间那些五颜六色的鸟，个体虽小却叫声婉转动听，远胜鹤鸣九皋的尖厉和鸭的粗促。不知它们从哪里飞来又飞向了哪里？现在陪伴我们的只有麻雀、喜鹊、乌鸦和也不多见的燕子了。

春暖开湖了，人们爱做的是捞淤柴、拣臭鱼。淤——余、柴——财的谐音，再捞上一把，很吉利的。那时过日子很看重谁家柴草垛大小的，垛大是勤劳过日子的象征；垛小则被认为是懒散。爱面子的人家总是想办法把柴垛弄得很大。草垛是孩子们玩耍的又一个窝，没有几个孩子没钻过的。

望穿秋水拣到了一条大鱼，有如获至宝的惊喜感。收拾妥帖用柴火烤上，连整个连环湖场区里都弥漫着略臭奇香的味道，家家户户升起的炊烟混合着呼儿唤女回家吃饭的吆喝声……好漂亮的一幅简美、恬静、绝代的渔家风俗画啊！

春夏之交，太阳落山了。南风徐徐吹来，便是青蛙们开始合唱了。它们一直鼓着肚皮唱着，兀地传来蛙王一声粗重威吓的叫，瞬间静了下来。少许，几只不谙世事的稚嫩的蛙声又响了起来，又有许多跟着叫的，于是又蛙声一片，还伴着轻微的涛声。像母亲温暖的抚摸，蛙鸣便成了孩子们催眠的曲儿，多少个夜晚，我们都是这样进入梦乡的……

家乡的夏季是暖热迷人的。芦草新高、湖水湛蓝、幼鸭娇叫、鱼虾跳跃。黑鱼、嘎牙子、鲶鱼趴伏在苇丛里排卵时一动不动，伸手可捉；鲤鱼、草鱼、鲫鱼和其他杂鱼也都到苇塘里甩籽。那时的大苇塘就是个大的鱼孵化器。

夜晚漫步湖边，出奇的静。岸边的杨树哨兵似的耸立着，水中涟漪折射着星光四散，仿佛穿过心肺，引人遐思无限，又似在轻声召唤你融进它的世界。突然传来母鸭的急促叫声又听到崽鸭的和答，一家子团聚了，母鸭宽慰幸福的叫声又传了过来。水耗子游弋着，从警惕的威吓和劈劈啪啪的水声听得出是不受欢迎的家伙。这一切和天籁声浑然一体，充实着家乡的夜，神秘、热情、含蓄、浓郁……

那时候年龄小体会浅，直到1996年接待《鹤城晚报》的编辑们才有了深一点的体会。晚饭后客人提出到连环湖边看夜景，劝阻无效便由他去，不料竟夜半不归。次日陪吃早餐问几点回来的，回答2点半，还说要不是夜里凉，会一直坐到天亮。我的天，家乡的仲夏夜在文人眼里竟这般迷人？

芦苇黄了，湖水也变了颜色。秋风刮起来了，成片的芦苇起伏跌宕，窸窣不止，受尽推搡。风停了却不曾见有一根折断。它们抱成一团、互相依附、柔中有韧、盘根错节，任凭风大浪急却能巍然不倒，以柔克刚。即使日后做了烧柴，草灰还能肥田，更不消说做了纸书写留得千秋万代了。在芦苇的身上能看不到家乡人的影痕吗？

天渐渐凉了，几场雪后，大地洁白。能听到的只有跑冰排的啸叫声了。全东北进入猫冬季节了，而我的家乡连环湖渔场则到了一年中最忙碌的时候，积蓄的力量爆发了。几百名工人奋战在大冰上，人们在冰上打冰眼，把网下到冰下水中，一网一次可以打几万至十几万斤鱼。男职工人手不足，女工也上。他们披星戴月，顶严寒战冰雪，以忘我的热情彰显着工人阶级的力量。学生们也被动员起来，给冰上作业的工人师傅送水喝。他们拉着爬犁顶着刺骨的寒风勇敢地向大冰深处走去。走了有大约二十里地的光景，看到前边隐约有人影晃动，他们欢呼起来！当孩子们把一碗碗开水捧给工人师傅时，却发现他们只是安慰性地喝上几小口便不肯再喝了，孩子们很纳闷：干了一天的活不渴吗？后来他们才发现了秘密，在离作业冰面不远的地方有一个非常规整的小冰眼，师傅们渴了就在那里喝上几口，凉但甘甜，可比炒菜锅烧的水好喝多了。于是，孩子们也像大人一样趴在冰上尽情畅饮着。水在冰的映衬下绿莹莹的非常诱人。他们抓起一把冰塞进嘴里像嚼冰糖一样过瘾。他们看着工人师傅们都是一色的狗皮帽子、皮大衣、棉手闷子和胶皮乌拉，也分不清谁是谁。这时一个干部模样的人走过来撵孩子们：快回家吧，别冻坏了，谢谢你们啦。孩子们不愿走，兴致勃勃地看。已出了好几网啦。网的尽头是固定在冰上的马轮子，上面插了两根粗杠子，每根杠子上套着一匹高头大马。马不断打着响鼻，浑身冒着热气，钉了铁掌的蹄子踩得冰直翻碎末，咔咔地响。赶马轮子的师傅挥舞着鞭子使劲吆喝着却不舍得将鞭子打在马身上。马轮子停了，工长手举着小钩子高喊一声："回绦！"几十名工人迅速用钩子搭住网纲，把网片向后拽去。随网裹上来的几条大鱼做着最后的舞动，然后被端到后面的鱼堆上了。出鱼了，一看就是红网！工人们忘记了一天的寒冷和劳累，用绰捞子往上甩着个子鱼，脸上漾着收获的笑。鱼儿们跳跃着翻滚着，血水染红了冰面……那是怎样的人欢马嘶鱼跃的热闹景象啊！丰收了，鱼垛成了山。一只稻草袋子只装两条鱼。成车成车的拉到了省城……

时光荏苒，家乡已发生很大的变化。过去十八个湖泡都有芦苇荡做屏障，因为生态的破坏只有上游的六个湖泡还保持原来的状态，其余都变了模样。近几年，随着县委县政府对渔业的重视和扶持，连环湖这个老牌企业也焕发了青春。除了原有的四大家鱼保持着传统优势，大银鱼、河蟹、日本沼虾、新疆鲈鱼、兴凯湖大白鱼等名优特品种也落户并形成产量。企业机制也发生了较大变化，大打生态渔业的品牌，产品不但进关还出境。品牌优势效应明显，企业已成了带动全县水产事业发展的排头兵。这些又为家乡连环湖增加了拼搏、创新、发展的元素，或许正是这些元素渗透到了家乡的每一处，才让我感受到了家乡的美丽。

又见野韭菜花开

蒋恩广

自从第一次认识了野韭菜，第一次采集了野韭菜花，野韭菜和野韭菜花就在我的记忆中扎下了根。

每年第一次看见野韭菜花上市的时候，或闻到野韭菜花的辣香气，我都会有一种不一样的感觉。去草原上看野韭菜花，去草原上采撷一次野韭菜花，对我来说，就像是在完成这一年一次的人与植物的约定。

2017 年 8 月 23 日这一天，是农历处暑节气。我骑着自行车从杜尔伯特的县城泰康镇出发，前往大庆市区。在杜（杜尔伯特）—让（大庆让胡路）公路上的"高家"至"齐家"这一路段上，我一边慢慢骑行，一边向路右边的草原上瞭望。我看到距离公路稍远一点的草甸子上，有人一手拎着塑料水桶，另一只手伸向草丛，时而弯下腰身，像是在采集什么。在公路下面，就近的草甸子上，异于并高出绿色杂草的白色野韭菜花、星星点点，散散落落地分布在草丛中，与杂草相伴。阵风吹来，野韭菜花、杂草及排序在立秋时节才开放的各种野花们，摇摇摆摆，起起伏伏，随风起舞……

在早市大集上，我已经看到有卖野韭菜花的了。这个季节，这个时令，那时不时弯腰采撷的人们，无异就是在采撷野韭菜花啊！

在上面所说的路段上慢慢骑行，我先后看见有三个人在采撷，人虽不在近前，但是可以看出，他们的年龄都在中年以上。采集野韭菜花，是为他们各自的家增加点儿生活上的味道。今年，杜尔伯特草原从春到末伏都没有怎么有效的降水，大田地里的玉米，在长到一米多高的时候，旱得叶子都打蔫打绺，卷成了卷儿，有的干脆枯死了。相应的，在野韭菜花应该绽放的时候，却看不见野韭菜的踪迹，更遑论能看见野韭菜花开。野韭菜因为缺水，长不起来，怎么能积蓄精华，孕育出白色的野韭菜花蕾呢？这片土地上的人们和所有的植物，都在盼望着天降甘霖。

立秋（节气）之后，出现了转机，整个龙江西部及至大庆市、杜尔伯特这一大片地区，终于下了几场透雨；农田和草原上的旱象，方才得以缓解。大田里的玉米茎叶，开始舒展。但是，大田的减产似乎难以避免，因为，适合大田作物生长的时光不是很多了。

我从自行车上下来，将其停好，立在路边。我走下公路，走到长着野韭菜花的草丛中，走到野韭菜花们中间，用手抚摸着我膝下的几朵野韭菜花。我心里说，野韭菜花们，一年一绽放，今年我又见到你们盛开在杜尔伯特草原上……我原以为，由于气候气象的缘故，野韭菜们今年会放弃大自然赋予的育蕾、开花的机会，没想到啊，得了雨水的滋润，野韭菜们最终还是把握住了时机，孕育出蓓蕾，又绽开出白白的野韭菜花了！野韭菜们的花期没有错后太多，终于赶在了处暑这一节令到来的时候，庄严地宣示了自己在植物界的地位，实现了表达自己存在与张显个性的愿望。草木一秋啊，在这一年只有一次的节令里，野韭菜们没有白过，顺应时势地展示了自己平常而又平淡的姿容！

懂你们的人，等待采撷你们的人，没有白白地盼望啊！

想到这里，我意识到，原来，这人对植物也是有情感的，这种情感，会成为一种期待，这种期待就是人与植物之间的亲情，许多的时候，许多的人们并没有主动地去意识这种人与植物的亲情。倘若，野韭菜们有所思维，也一定会与人类沟通交流，感激人类的希冀和光顾啊！野韭菜花啊，人们将以你们为原料，制作出美味的韭花酱，腌制出咸韭花酱黄瓜……随着年龄的增长，我骑自行车走出城区十几，二十几里地，来到草原上采撷你们的次数渐渐地少了。

今年我想，无论如何，也要在应季把你们采撷到家里，纵使我吃不了多少，用不了多少，也要这样做；这是我在今年秋季应做的大事之一啊！你们的生长，存在，是大自然给予这块土地上的人们的恩赐啊！

当年，我初来乍到松嫩平原，是邻居家大人指导我才认知了你们；那是个食物短缺，蔬菜匮乏的年代！那是 1961 年的春末夏初，那年我才十一岁！你们在草原上与小叶樟等牧草相伴，开着平常但却是不平淡的白色小花！说你们平常，是你们花儿开得小，不大蓝大紫，不大红大绿，而是夹杂着生长在草丛中，与杂草共生；说你们不平淡，是说你们的辣香气，你们的调味功能，食后有余香，给每一个食用过你们的人们留下深刻的记忆，你们是给人类的生活增添滋味增添情趣儿的灵物啊……

说起这野韭菜花，它真是非同一般的植物。野韭菜对它的生长环境，即地势地貌是有选择的。它通常生长在盐碱地与非盐碱地交界处的非碱地一侧，或一些凹洼地的周边凸起的地方。对与它为邻的植物也是有选择的。它与这些地势地貌里的羊草和一种叫不上名字的小蒿子共生。杜尔伯特大草原上的韭科植物有三四种。但是，只有一种与家韭菜花一样的野韭菜花才是最宜于食用的。采撷野韭菜花很辛苦很累。可是，我和所有采撷野韭菜花的人们一样乐此不疲。一次一次地走到野韭菜花近旁，一次一次地弯腰，一次一次地伸出双手掐取野韭菜花；两手各自动作一次，才能掐取两朵，多则四五朵。

有四五级大风的天气，还稍好一点。小咬儿和蚊子被大风吹得蛰伏在草棵里，不能出来叮咬人类。但是，大风却给采撷带来了难度，大风不断吹来，野韭菜花被吹得摇摇晃晃，起起伏伏。一边采集着野韭菜花，一边就能嗅到它们散发出的辣香气。那是野韭菜花被掐取后，其与茎秆儿的断面儿上散发出来的。徜徉在杂草和野韭菜们中间，不时会惊起一只一只的小蚂蚱或小彩蝶。采回来的野韭菜花从兜子里一倒出，辣香气便会在瞬间释放出来，在房间里飘散。

处暑后的第四天，我终于得空儿，再次骑上自行车，沿"杜—让"公路骑行了二十多里，来到我在处暑那天看见长着野韭菜花的地方，开始采撷。除去步行的时间，大约采集了两个小时，两个书包都装满了。

我曾经为生长在呼伦贝尔草原和松嫩平原上的野韭菜花们写诗点赞：草原上的野韭菜们呀/你质朴而无华/你与百草迎接了春天/你与群芳融为一家。草原上的野韭菜花呀/你素淡而高雅/你与百花扮靓了草原/你与名芳不分高下。草原上的野韭菜花呀/你清淳而辛辣/你与百花开遍了原野/谁能懂你谁才采下。野韭菜花啊，我曾在集市地摊儿上，一年一次，无数个年份无数次地看见过你们。每当看见你们的时候，我就想啊，属于你们的节令又到来了，又到了你们该开放的时候。我，还有许许多多喜爱你们的人，又该来光顾你们了。

今年，又见野韭菜花开，又闻野韭菜花香。杜尔伯特草原上的野韭菜花们，愿你们与草原上的各色草本植物的花儿们永远同开同在，靓丽芬芳。

银沙湾快乐之旅

娜 仁

暑假里的一天早上，伴着杜尔伯特大草原淡淡的薄雾，我们的旅游车开进了胡吉吐莫镇内，走进了我一直惦记、向往的目的地——银沙湾景区。

银沙湾，有着东北小三亚的美称，是藏在大草原深处的一个美丽的海湾。景区里大多是以木头为主的装饰，空气中飘来了浓浓的木香和淡淡的草香。下车后，我第一眼看到的是银白的沙滩、湛蓝的湖水，她们拥抱着遥远地平线上的悠悠白云，那白云像新娘披着的白纱，格外圣洁。阳光也来凑热闹，他为这美丽的银沙湾镶嵌了一条耀眼、璀璨的金丝带，真的太美了！

我喜欢沙滩的素洁、静谧，喜欢湖水的清澈、舒缓。我与伙伴们脱下鞋，光着脚丫在沙滩上走来跑去，我的心就飞扬在那银白的沙滩和澄澈的水上；我的笑声、歌声就一直荡漾在沙滩与湖水的灵动交汇之处。虽然我笑声不甜，歌声不美，但我依然执着于我的快乐！

　　小船嬉水开始了，每一条船上两个人，导游为我们做了最好的搭配，我和来自齐齐哈尔的郑哥同坐一条船，他四十多岁的年龄，胖胖的身材，导游和团员们都说："娜仁，你只有和郑哥一条船，才能维持船的平衡！"嘻嘻……气死我了，这不是说我胖吗？透过清澈的河水，望到岸边古色古香的建筑，还有那躲藏在层层叠叠大树间白色的蒙古包和五颜六色的野花……让你在自由自在戏水玩耍的同时，由衷地感慨大自然的慷慨施予。猛然一股清凉的河水浇湿了我的全身，原来是伙伴们互相开始了"泼水大战"，于是我们开始水中大战。笑声、叫声打破了银沙湾的宁静，连平静无波的河水都被我们闹得欢腾起来。一不小心我竟然从小船上掉到了水里，那一瞬间吓得我手刨脚蹬地大喊"救命"，旁边的一个伙伴迅速地把我拉了上来，原来这里的河水刚刚过我的腰，真是一场虚惊。那河水清的，可以清楚地看见水中的沙石和游动的小鱼，我站在水中，眼里含着泪水哈哈大笑，紧张过后的团员们也都陪着我傻傻地笑了起来。再次爬上小船，不大一会，快乐的游泳比赛开始了，我虽然不会游泳，但是我可是最称职的裁判哟！

　　晚上我们在阿木塔的银沙湾边点燃篝火，烤着羊肉，欢唱情歌，跳起热舞，笑声、闹声把整个银沙湾和阿木塔都熏醉了……

记 忆 篇

Jiyipian

房子的故事

包玉林

　　丁酉初秋，我陪同来自呼和浩特的包巴特先生到草原深处的王府新村。还没进村，远远地看见一排排白色砖瓦房整齐地排列在平原上，一幢幢楼房镶嵌其间。"啊，好美呀!"包巴特先生不由地赞叹到。"农村人关注住房，过去，进村一看住房就知道谁家日子过得怎么样。现在农民都富裕了，民居的变化是人们生活水平提高的体现。"我由衷地答道。

　　蒙古族副乡长白双军同志老早就在村边等候着，寒暄后一起去祭祀杜尔伯特旗敖包。我们献上哈达和供品，绕包三匝，虔诚地跪拜后，又去王府民俗博物馆参观。新建的王府民俗博物馆坐落在村子的东南，紧邻喇嘛寺湖边，是一个坐北朝南的仿古式院落。这是应蒙古族群众的要求，在建县 50 周年前复建的。走过林带掩映着的门前广场，一座影壁墙映入眼帘。影壁墙高约 4 米，宽约 12 米，雕刻着蒙古族传统的吉祥图案。前门是双开的红漆木质大门，门内两侧各有一间小房子。院落东南角有一小角门，我们从那里进院。院内十字甬道，有小巧的回廊。正殿是历史展厅，塑有杜尔伯特旗首任旗长色旺多尔济办公的雕像，西厢房、东厢房是文物、民俗展厅，文物多是从民间征集的。看守院落的老者李守国是我发小，与我同龄，汉族人，蒙古语却说得很流利。他说："这也就是留个念想，与老王府比差多了。"新王府是仿照老王府的内院建筑样式修建的，院落长约 80 米，宽约 50 米，正房与厢房虽然是起脊的，高也不过 5 米，建筑规模与老王府比都小得太多了。小时候，我和李守国等一群小朋友常在王府大院内玩耍，虽然土改后外围墙、炮楼、佛堂及内院围墙等建筑大多损毁，但内院的房舍基本完好。高大宽敞的主殿是旗长办公室，房基近 1 米，总高约 15 米，有三四层楼房那么高。四角飞檐延伸出约两米，上边各有五个神兽。阴阳瓦盖上高高的房脊滚水砌成半米高的单墙，似龙身，两条龙头会聚中央，好似互吻，东西山墙头上，也各有一条龙头伸出。南墙与门窗内缩两米，形成窗下前廊。前廊有八根巨大的红漆木柱，东西两侧墙壁上有砖雕画，分别雕绘松鹤图案。东、西厢房样式如主殿，与主殿相比略小，各三间，间壁格式相同，客厅、卧室、洗澡间一应俱全。包巴特先生是老旗长的嫡孙，建国后生人，那时他父亲包维新已从内蒙古新华书店调任阿拉善盟北部工委书记。2006 年他首次回乡省亲时，老王府早已荡然无存。所以，我和李守国唠起老王府的情景时，他竟如梦中。

我是王府村生人，听老人说我家是土改后从巴哈西伯村迁来的。初期，我家借住在一户贫雇农家的马架子里，大约在我上小学前后，住在供销社东南的一排西向的红砖房最南边的小两间里，泥抹的房盖，据说原是旗公署自卫团的用房。1961年初夏，临时住在王府外院内的西南炮台下的青砖瓦房，朝东，一排四大间，房身也很高。不知何故，村大队要拆扒，我们又搬到王府内院外西南角向阳的三间青砖瓦房里。据说此房是王府的迎宾招待处（客厅），宽敞明亮。前房檐飞出，窗户与门都内缩，三间房全用木板间壁，条格式窗户，中间镶有一块玻璃，其他格子是纸糊的，门窗及间壁木墙古色古香。住了刚刚两年，村大队要把此房用作碾米厂，我家又搬到王府主殿东北角的三间土房了。据说此房是王府杂役人员的住处，间壁墙也用木板隔成，连炕沿下方也用木板镶嵌。房前约十几米处是邮电局，原是王府仓房。我家在此处住了近十年，直到我去克山师范读书，父母亲迁到齐齐哈尔市大哥在的地方。那一阶段，李守国家住在乡政府一排土坯房南边，也是泥土房。问他新居，他满脸笑开花，乐呵呵地说道："今非昔比，小洋楼啦。"

走出王府民俗博物馆，白双军同志热情地邀请我们到政府招待所歇息。但时间尚早，余兴未尽，我和包巴特先生还想走亲访友。先去拜访年近90岁的唐阿老人，后到我的老同学白文巨家。唐阿老人在色旺多尔济逝世前，是贴身随从，见证了老旗长迎接中共杜尔伯特旗工委进驻王府，剿土匪、搞土改、开展民主革命的历史，见证了年轻的旗长长子包维新参加革命队伍，剿匪战场火线入党并重用为副区长的光荣历史。唠起老王府建筑的气势恢宏，他刻满皱纹的脸上充满苍凉，但声音仍然洪亮，绘声绘色，记忆犹新。老人家还很时兴，惋惜地说："王府如不拆毁，搞点旅游什么的，会对村民有多大帮助啊！"所访二者皆住着砖瓦房，砖墙围院，室内红砖铺地，打着水泥地面，门窗明亮，有小暖气，还有水冲的室内厕所呢。当我们夸耀他们的新居时，唐阿老人和白文巨都异口同声地说："还是共产党好啊，闹洪水受了灾，国家帮着盖的。"这是我知道的。1998 年，嫩江发生百年不遇的特大洪灾，大堤决口，洪水灌入喇嘛寺湖，又漫入村内，村南半部低洼地带的民房全部倒塌。县里组织救灾重建，香港张永珍女士捐助巨款，由全国政协帮助在老村落的东岗坡上重建。今天我们看到的新村新居，就是那时建成的。

我和白文巨是小学同学，1963 年我们俩一同考入县第二初级中学半年后，他就辍学了。他家成分高，爷爷在新中国成立前是王府的管事的。我们俩想起光腚娃娃时的往事，不免又唠起房子的故事。大约在 1958 至 1961 年夏季前，我家在他家的仓房住过。那个院落可能是他们家的老房产，正房是起脊的大草房，高大的烟筒建在房子的东西两侧。土改后，正房由农会分给了贫雇农，他家住进了院内的东厢房。那是两间泥草房，北边连着一间仓房，好像是他家后盖的，比东厢房还矮半截。对着门的是灶台，门左侧顺着北墙是一条土炕。那时，我的三个哥哥都在外地当兵、当工人、读大专，我和姐姐、妹妹及父母五口人挤在一起。"大跃进""人民公社化"和1960年冬天挨饿的那一时期，我就是在那间低矮狭窄的仓房中度过的。房子在村东南的小岗上，东边是一条古道，早已沙化，洪水较大时，喇嘛寺湖水流进村内，古道上灌满了水，我和白文巨常在那里游泳，有时还能抓到鱼呢。

午饭后，我抽时间去看看我家的老房子，竟然找不见了。几经打听，一户住在砖瓦房的吴姓人家说："这块地儿就是你家的老房基呀。这里风水好啊，自从我家由乌古敦村搬到这儿来，我的两个孩子都考上大学了。"

王府村是杜尔伯特古老的村落，原名阿木尔查干，有圣洁吉祥平安之意。1850年，第十四任扎萨克贡噶绰克图将今白音诺勒境内的贝子府邸迁建于此。有五任扎萨克在此执政，是杜尔伯特旗的政治、经济、文化中心。扎萨克府称作王府，那是清末民初蒙地放荒后移民的称呼，慢慢地就约定俗成了。

王府建在杜尔伯特境内第二高坡德勒特召西部的岗头上，东边连着大草原，西边岗坡下是嫩江的泛洪区，北边隔着一片江湾地就是神山多克多尔山，南边是偌大的喇嘛寺湖，湖内岛上建有金碧辉煌的旗寺——富余正洁寺。新中国成立前，高高的岗坡上巍峨雄壮的王爷府，是老百姓望而生畏的地方。今天，王爷府那壮美的古老建筑早已灰飞烟灭，让人多少留下苦涩的遗憾，但新村那秀美的民居，却给居住在这里的一户户人家温暖与舒适。

房子，房子，过去有多少人家为房子而苦恼。蒙古人在游牧时代住的是蒙古包，转入农耕生活定居后，居住在半地窖式的窝棚或简陋的马架子中，抵御不了北方凛冽的寒风。新中国成立后，才有了干打垒土房和土坯房。经过互助组、合作社，农民生活渐渐好起来了，稍微有能力的人家开始在新建的房子四角上嵌上红砖，窗户上镶上玻璃，成为村中最美的房舍。改革开放后，农村施行联产承包，农民有了脱贫致富的奔头，一些富裕起来的农户才盖起了砖房。十八大以后，党中央的一系列惠及农村、农业、农民的政策，让广大农村发生了翻天覆地的变化。

站在老王府大院处瞭望，王府新村尽收眼前。东岗子上那新民居，是洪涝灾害后国家援建的。没有受洪灾侵害的老村落北部的民房，这几年在新农村建设中，通过泥草房改造和扶贫项目全部在原址改建成砖瓦房。2016 年，王府新村成为黑龙江省首批特色古村落，新铺了村内一条条水泥公路，新装了一排排路灯，古老的王府村焕发出崭新的风貌，一个光明灿烂的中国特色社会主义新时代美景展现在杜尔伯特大草原上，"萧瑟秋风今又是，换了人间！"

车老板记忆

任青春

深秋刚刚来临之际，我看到几只干瘦而苍老的乌鸦在枝头上啸叫着，声音暗哑而干涩……我有一种不祥的预感。果然随即就接了个电话，是老家打来的，四哥告诉我，今天凌晨二叔家的铁子哥走完了他 62 年的人生之路。

放下电话，我的心里好一阵难过，在我老家的小屯，那个叫铁子的男人，曾经风光一时，而后经历了一段寂寞的岁月后，终于在人生的舞台上谢幕了。我小的时候，他的爸爸也就是我的远房二叔当生产队长，我有生以来第一次坐的车是牛车，是生产队的，爸爸领着我往家拉柴火。我躺在牛车高高的柴火垛上，眼望着蓝天。尽管牛车很慢，但于我还是一种新鲜的体验。在牛车上，我做梦也没有想到后来坐马车我竟会有一种全新的、令我终生难忘的感觉。

按队里的惯例，先喂马后跟车，再干几年才能成为车老板。铁子哥喂了一年马就成了车老板，我想这也是我二叔当队长的作用吧。那时能成为车老板比现在开大奔、路虎更风光。

当时队里有很多俏活，比如仓库保管员、饲养员、记工员等，但都没法和车老板比，谁家不走个亲串个门、拉个货用个车的，特别是婚丧嫁娶。那时每个生产队只有一挂马车，四匹马，一匹马驾辕，这匹马最关键，驾辕马要选老成持重任劳任怨的。辕马前面中间的那匹马是中套，两边各有一匹马，称为拉边套的，也叫拉帮套的，我想民间的一种很不好听的称谓就是这么来的吧。

我第一次坐铁子哥马车的时候激动不已，那马车是新做的，车辕子、铺板、车架都是上好的红松木，车辕子油成了红色，车老板坐里首的前沿，旁边辕子上有一个铁圈座，是用来插大鞭的，马的脖子上拴着红缨和铜铃，跑起来火红一片，嘀铃铃响，好不威风！铁子哥有两把鞭子，一长一短，长鞭子鞭杆有三米多长，是用三股竹子拧在一起的，鞭杆头拴着红缨，鞭头处有一段细细的鞭鞘，是牛皮的。长鞭子有两个作用，一是跑远道用来赶马，二是用来调教不听话的生个子马的。短鞭子是近道或是在城里用的。

那天我们要去县城，得走二十多里路，铁子哥让我坐好，他不像别人那样坐着赶车，而是站在车铺板上，照空中甩动大鞭，啪啪啪三声脆响，四匹马便起步了。铁子哥说这三鞭是车老板的规矩，就是走远道开拔了。同样，回来时也要三鞭，表示走远道平安回来了。铁子哥熟练地叫着口令，直行是"驾"，往里拐是"喔"，往外是"越吁"，停车是"吁"。最绝的是有时他并不喊口令，而是用大鞭的鞭鞘打马的不同部位引导它怎么走，那马就像能懂得鞭子的意思一样，准确无误地按照他的意思走。我第一次坐马车，没想到马跑起来这么快，我耳边只听到风声，看到旁边的树木和草地在向后隐退，心里升起一种无法言说的快感。让我敬佩的是这一道不管路有多颠簸铁子哥就站着，既不摔倒，也没有趔趔趄趄，而是像一棵青松那样傲然挺立。霎时间，铁子哥在我的心目中成了偶像。

铁子哥成为车老板初期人们觉得他是靠二叔才上来的，可是很快他就以自己的能力证明了他才是最好的车老板。当时生产队从外队换来两匹生个子烈马，这种马在别的队就是老道的车老板也惧怕，有的车老板打狠了把马的眼睛打瞎了，打轻了马根本不听使唤。铁子哥利用出工前的时间，只用了两个早晨就把这两匹生个子马调教出来了，他用了什么办法没人知道，反正马没受伤。还有一次，邻队的四挂马车来队里送豆饼，在进屯时马毛了，拉着车狂奔起来，当时村道上满是人，关键时刻，铁子哥冲了上去，飞身上车，大鞭甩动，只几鞭子辕马就稳住了车辕，一场车毁人亡的惨剧避开了。从那以后，队里人对他刮目相看了。

铁子哥喜欢那种八面威风的感觉，但他并不贪。别人给他烟，他只是接过来一棵，把剩余的整盒烟给推回去。逢年过节别人给他送酒他不要，实在推不开的他就留人家吃饭，在桌上把那酒喝了。常了就没人敢给他送了。他乐于帮助人。谁家娶媳妇，他早早地把车刷洗一新，每匹马头上都系上红绸子，早早地把车赶过去等着。谁家有丧事他一准在马头上系上黑纱，把车停在那家门前静静地等候。有一次他出门在外，屯里有一个妇女生孩子难产，他的助手赶车拉着产妇往县城赶，在半路上产妇就咽了气。他回来后大哭不止，责怪自己如果在家也许产妇就死不了了。

后来随着时代的发展机动车代替了马车，现在农村种地都用上了拖拉机，收割也基本实现了现代化。人们出行也不坐马车了，有公共汽车，再远的就乘坐火车了。除了硬座，还有软卧硬卧，人们条件好了，多花点钱出行就格外舒适。现在杜尔伯特也通了高铁，日行千里成了事实。谁家有个大事小情也不再为难了，轿车进入了百姓家庭，据交通运输局统计，全县有小车 5 万辆，轿车入户率格外高。谁家有个红白喜事，车不是问题，用什么车才是问题。有的家庭花大价钱租用豪车，形成一队长龙，好不威风。马退出了生产生活舞台。再以后，马的数量锐减，几乎看不到了。马没了，车也卖了，已经年迈不再是车老板的铁子哥很失落，他仍然收藏着他的长短鞭子，还有马的铜铃……

铁子哥的儿子小满成为粮贩子，挣钱买了一台猎豹吉普车。他让老爹学车，老爹却不屑一顾，说你的车虽然快，可不接地气。我曾劝他应该顺应时代发展与时俱进，学会开汽车，他显然动心了，但在孩子面前还是摆不下面子。今年夏天我回老家，一起吃饭的时候，我对铁子哥说，我们县城的车站通了高铁，哪天带你坐高铁去哈尔滨，我的孩子在哈尔滨工作，马上哈尔滨的地铁就开通了，到时候我邀请你去做客，感受一下地铁的方便和快捷。尽管铁子哥连汽车都很少坐，但他还是答应了，而且答应得很痛快。没想到这一愿望竟永远都没能实现。我愿铁子哥在天堂里也不只是坐马车，还要坐汽车、高铁，当然还有地铁。

在聚宝山屯教书的日子

穆俊岭

那是一个偏僻的小村庄，百十户人家，掩映在一片白杨树林里。当太阳初升或晚霞映红西天的时候，袅袅的炊烟升起来，起初像根根竖起的柱子似的，到了高处便慢慢歪斜地散开，白白的像雾一般，小小的村庄便笼罩在云霞里。当你走在村间，嗅到这烟味时，草木的味道并不呛人，反而有些甜丝丝的感觉。村子里更有鸡鸣犬吠，牛叫马嘶，人们忙碌的身影，构成了一副农家"采菊东篱下，悠然见南山"的田园生活图景。初春时节，村东那片杨树林甚是诱人，鹅黄淡绿，生机勃勃，一眼望去，心便被浸透了，真是醉人啊！

记得那是 1978 年，敖包大队通过考试录取了两名民办老师，我考了第二名，刚好被录取。我被分配到第一小队——聚宝山屯小学，离大队八里地。那年我十八岁，穿了一套灰布衣裤，裤子的膝盖处补了两块补丁，屁股上还有一块。那是妈妈给补上的。当时农村很少有人穿不带补丁的衣服，而我妈妈是成衣师傅，她补出来的补丁，很有艺术感觉，穿着这套衣服美滋滋地上班了。

在聚宝山屯工作了两年，实际上是一年零八个月。时间虽短，但给了我太多美好的回忆。这里的同事亲切友善，这里的村民淳朴热情，这里的学生活泼可爱。虽然小屯的生活条件很艰苦，但我却过得很开心。在这里我学会了做玉米面疙瘩汤，填补了很多知识的空白，开阔了视野，收获了友情，生活在这里的每一天都感觉到很温暖。

学校就在聚宝山屯的西头，七间土坯房，坐北朝南。学校没有院门，没南墙，也没北墙，东西两边住户的院墙就算学校的院墙了。校园很大，校园的操场上除了一个土台子之外，光秃秃的什么都没有。办公室和宿舍是靠东边的一间，被一个隔扇窗隔成两间，一进门便是小厨房，一个土坯灶台，锅盖是用纸壳中间绑了一个木棍做成的，歪斜地立在灶台后边的墙上，墙角还放了个小缸。里间靠隔扇窗是一个两米左右的小炕，靠南窗是两张黑色大办公桌，看上去很破旧，斑斑驳驳地掉了漆。两年来，吃住学习办公都在这间房里。

小学仅有两名教师，校长和我。校长叫侯志忠，参过军。初见时，见他四十岁左右的年龄，中等身材，长方脸庞，目光有神，前门牙齿很长且有一条宽缝。衣服穿得有些特别，外边穿了一件褪了色的蓝布衣服，里边穿了件灰布衣服，还穿了一件白色和一件不知是什么颜色的衣服，四层衣服的衣领，层层叠叠的堆在脖子周围，显得很凌乱。现在想起来，或许在乍暖还寒的季节里，没有毛衣穿，只能多穿几件衣服御寒吧。校长很健谈，我去学校的当晚就给我讲了一段三国片段，他绘声绘色地给我讲了关公出场时的形象，什么"丹凤眼、卧蝉眉、面如重枣，腮下五缕长须，飘洒胸前，手持一柄青龙偃月刀"，特别是描述关公的赤兔马的蹄声，"哒哒，哒哒哒——"由远及近，很是形象。他讲完一段，似乎又想起了什么，抬腿上了小炕，掀开隔扇窗上面的报纸，从里面拿出一卷白纸，跟我说"这是办公用的，可以做教案。"说完又把纸放了回去。原来隔扇窗上方与房梁之间一尺左右的空间，被报纸做的帘遮住，这就是我们的卷柜。

在聚宝山其间，校长帮了我很多。去学校的第二天，校长就领着我到生产队要了一桶黄豆，还有玉米面；后来又带我去了生产队的菜园，要了一捆葱，给我的新生活安排了"丰盛"的伙食。校长还经常带我到筹办新婚喜事的家里去。他是村里捞头忙的大知宾，每到一家，他总要将我介绍给乡亲们，让我坐在炕里，剪喜字呀，写对联呀，给一帮姑娘、媳妇们帮忙。大家总是说说笑笑，孩子们在屋里屋外跑来跑去的。我也会同村民一样，送一块钱的贺礼，有一次还画了一副花鸟画当贺礼。婚宴时，总会有姑娘、媳妇给我坐的酒桌多上些好吃的菜。每到冬季杀年猪时，就会有好多村民请我到家吃猪肉。杀年猪是村民一年中的大事，总要邀请最重要的亲朋好友来家里分享美食。能被他们邀请也许是对我的厚爱吧。后来，村里有个叫英子的姑娘让我的学生带来一张纸条，上面写着："你的对象找没找好，人家都说你眼光高。我相中了你，你若同意，我将跟定你，不管遇到什么困难，都能克服，棒打也不回……"没有署名。我把这事告诉了校长，校长很认真地帮我参谋如何回复姑娘，不能伤着人家。至今想起来，还觉得蛮有意思的。

到了傍晚，有些村民也会到学校里来，谈谈村里的事，感慨一番，他们走时会要点卷烟纸，我会将一些废试卷给他们。学生也会来的，一小帮，五六个女孩子。嘻嘻哈哈地跑来，二十分钟左右又一阵风似的跑走了。带头的是班长姜艳萍，十二三岁，一双大眼睛亮而有神，性格泼辣，男同学都怕她。姜艳萍一来总是脚踩在我办公椅子背后的横凳上，两手扳着椅子靠背，一边摇晃一边跟你说话。个子最高的是张艳萍，很爱笑，跑得最快。个子矮小的是贾秀莲，稍黑的肤色显得很结实。张凤芝有两个大酒窝，平时，她总喜欢躲到别人身后趴在别人的肩头笑。我叫她乳名，她会脸红，侧身低下头埋怨一句："老师你真是的"，之后还是在笑。在劳动课时，她干起活来那可是手脚麻利，煞是能干。

和学生相处久了，他们也会送点小礼物给我。记得一天下午，几个二年级的学生走进办公室，到了门口却又谁都不肯往前走，相互推搡着，神神秘秘的。最后，一个女学生快步走到我的办公桌前，把手里攥着的东西放在桌子上，转身跑出去了。当我定睛看时，见是三个小姑娘！圆圆的，黄灿灿的。当时，我望着这三个姑娘感动了许久——这哪里是什么礼物啊，这分明是孩子们纯净的心啊！

还有一次，一个姓贾的小男孩，至今还能想起他的小模样，胖墩墩的，脸蛋红扑扑的，他拿来一个长梢瓜，进门就喊："老师给你。"我说："老师不要。"小男孩将梢瓜立在门槛上就跑了。过了一会儿，再看时，梢瓜不见了，或许是他悄悄拿走了。我想是不是伤着了孩子的心呢？不要梢瓜，也总该好好说点什么呀。

和学生在一起总是很开心，孩子们很活泼，经常会跑得满头大汗，但汗味里却透着甜甜的味道。下课的时候，学生会围着你说些趣闻，也会悄悄地把别人的乳名告诉我，什么二头啊、满桌啊、八怪啊等等。去年见到姜艳芳，随口叫出了她的乳名，她很不好意思，用拳头轻轻地砸了我一下，小声说："老师还叫我乳名，我都当奶奶啦！"

对故乡的思念，思念什么呢？或许是一间土坯房，一铺火炕，一张破桌子，或许是村头的一棵老榆树，一条小溪，一口老井，或许是一张笑脸，一个场景，一段往事。四十年过去了，留在记忆里的美好瞬间还依稀可见；尽管远隔千里，似乎又近在咫尺。故乡的美丽已深深地定格在心里。

岁月悠悠，十八岁多么年轻啊，感慨岁月的无情，让我变得如此沧桑，但岁月又有情，让我经历了人间那么多美好，遇到了那么多好人。故乡的曾经，让我久久不能忘怀，时间越久越觉得弥足珍贵。

真的难忘在聚宝山教书的日子。

我遥远的故乡

张树学

离开家乡，至今已二十八载。想写家乡，似有千言万语，但面对键盘，又如鲠在喉。多少个佳节我独对空月，仰望状如勺状的七星，心头热热的。说实话，从我工作的这个海岛边城到家乡的直线距离并不遥远，但因为百事缠身，不能常回家看看，心的距离就变成了曲线，变得遥不可及。但梦却是在的，有梦就有家乡，家乡总是在梦里，有时是家乡身边的那条母亲河嫩江，有时是朝尔屯村前的那棵古树，有时是母亲那张饱经风霜的古铜色的脸，也有时是父亲被沧桑岁月压弯了的脊背……但即使我在阿姆斯特丹，在大洋彼岸的纽约，在温莎大学的阶梯教室，我都不能忘记，让我蹒跚迈出人生第一步的却是生我养我的那个小村，那片草原……

故乡水也甜

我的家乡杜尔伯特县位于嫩江下游、松嫩平原腹地，这里虽然贫瘠多年却因资源丰富而被人们誉为"鱼米之乡"。我家住在巴彦查干乡朝尔屯，紧紧依傍嫩江的一个小村子，这个不起眼的地方就是我生长的地方。日后多年，我在升学、就业、出国的表格上不知填写过多少次这个名字，每一次填写内心都盈满思恋与灼痛相交融的感情。生活在喧嚣的城市多年后，我早已熟悉了城市的喧嚣和浮躁，本以为贫瘠的家乡小村在我的记忆中已经淡漠了，但却不能够，她时时会浮现出来，让我欲罢不能。我真正感到原来以为落后的家乡，那个被纵横交错的泡泽河渠包裹的地方，其实是蓝天白云下与芃芃绿茵上镶嵌的一块清新靓丽的宝石。我曾游历过欧美的许多地方，感受各不相同。在荷兰旅居有六年左右，后两年是在海牙，那是各国驻荷兰使领馆所在地，我当时任教育处二等秘书。工作之余，就来到离我的住所只有步行 5 分钟的北海散步。那里很美，大海、沙滩，但我感觉跟我在大连的家没有更大的区别。我也曾作为高级访问学者在纽约城市大学访学，走在曼哈顿的大街上，似乎跟大上海没有什么大的区别。然而，在加拿大温莎大学做访问学者期间，我却特别喜欢沿着美加交界的底特律河边散步。我特别喜欢的是河边的那一片金黄色的齐腰深的秋草的地段。汩汩流淌着的河水和风中摇曳的秋草正是家乡秋天的景色，在我的心中流淌着的是那淡淡的乡愁。

　　家乡的水和太平洋比也许只是大海中的一滴水，家乡的连环湖也不同于底特律河，但家乡的水有泥土味。家乡的湖是低平的湖、泡和着盐碱，连接着草原。湖泊以连环湖为最美，有人这样的描写："蓝天下，云霞中，沿岸草木青幽，湖中鱼翔浅底，欧飞鸟鸣，风推苇浪，水展浮萍"。然而，我难以忘却的是绰尔村南面的那条河，我们当地的人叫它"南河"。那是当地百姓最重要的水源，村民有的用桶挑水，有时农忙需灌溉时，用车拉着大水罐，把车赶到没腰的水中，装满再赶出来。冬天，冰上开凿出一条水道供家畜饮水用。有一处，河岸与河之间有 2~3 米高的坡度，上面有一棵高大的榆树，这棵榆树就是经常在我梦中出现的那棵古树，从那里可以眺望整个河套。下面有一个面对河面的铲斗状的水泥台阶，长 4~5 米，宽 3~4 米，涨水时，台阶基本被淹没，水撤时又裸露出来。那里是我们夏天最喜欢玩的地方，从这里下河游泳，在岸上晒太阳。春天，有人撒网捕鱼，也有六七十岁的穿着水靴的长者坐在自带的板凳上，在河边用一种当地人称之为"搬蒸子"的自制渔具捕鱼，每过 10~20 分钟就下水把长杆子端起，杆子的顶端下有纱布，上面会有一捧的小鱼在跳跃，这就是豆油灯下晚餐的一碗鱼酱。村子西面的河，我们当时叫"西河"。它是嫩江的干流丰水期的进水口处，是绰尔灌区所在地。我在读中学时，参加过绰尔灌区堤坝的修建，全乡的男女老少全"参战"，场面非常热闹。人们都以参加这样的劳动感到光荣，挑土方多的还能获得"劳模"称号。这是我经历过的参与的人最多，干劲最十足，最不怕苦不怕累的劳动场面。我也参加了"绰尔灌区"早年间开闸放水的场面，不很大，却很震撼。

那毕竟是家乡人开始征服自然、改造自然，为人类造福的有益尝试。九八抗洪时我在国外，听说那里发生了许多感人的故事，我为没能亲自参与而遗憾。

故乡草也美

记忆中家乡的草原是"天苍苍野茫茫，风吹草低见牛羊"般的壮美。我不知道家乡的草有多少种，也叫不出它们的学名。但我查阅到了一些名称：羊草、针芒、野古草、苔草、隐子草、大叶樟、三绫草、芦苇、蒙古柳等。它们不仅仅是植物的名称，还是千百年来蒙古子民赖以生存的物质条件，也深深留下了我们生活的烙印。我特别难忘的是榜上无名的那种叫乌拉草的植物，它样子很普通，茎叶细长，绿色，一簇簇丛生，花穗绿褐色。不仅不能与百花比，即使在草的家族中它也是寒酸的，上不得台面的，但就是这不起眼的东西，却帮助我们度过了漫长的严寒。乌拉草是我们垫在乌拉鞋里御寒的宝贝，陪伴我们走过一个又一个寒冷的冬季。现在，据说它身价奇高，是人造棉、纤维板、造纸等的良好材料。但在草原上已经基本绝迹了。

故乡歌也好

朝尔（绰尔）是蒙古语，译过来就是一种乐器名称，昔日乌力格尔说唱艺人就是拉着它唱蒙古书的。那个不大的村子，有很多会演奏胡琴的人，有蒙古族的，也有汉族的，听到过演唱《嘎达梅林》这样的曲调。纯民间性质的，或聚集田间地头，或坐在土炕上，边拉边唱。我也深受蒙古族喜歌善舞性格的影响，在自己的生活中能感受到这种影响的影子。我喜欢听蒙古族歌曲，如《嘎达梅林》《蒙古人》《森吉德玛》《牧歌》等等。《森吉德玛》也是我喜欢唱的歌曲，它能把我带回遥远的故乡。前些日子，学习用蒙语演唱《梦中的额吉》，我的研究生有蒙古族，帮助纠正发音（l，r），走在路上也会哼唱"Alsad suuga eej mini, Amin hairtai shuteen mini bilee"（"亲爱的妈妈，额吉啊，母亲的恩情永生难忘。"），仿佛自己置身于家乡的草原，回到了亲人的身边。

故乡茶也浓

我喜欢吃羊肉，这也许是在家乡呆得够久，受蒙古族饮食文化的影响。蒙古族的传统饮食有"红食"和"白食"之分。前者为肉食，蒙语叫"乌兰伊德"；后者指的是奶食，蒙语叫"查干伊德"（纯洁、吉祥、崇高之意）。不管是红食还是白食，饭后大人们总是要喝茶，小的时候，大人们经常喝红茶，那时条件不好，是茶砖，掰一块扔进壶里，煮出来是红红的，酽酽的，还透着一股苦咸的味道。我们小孩子则常常喝煮熟的牛奶，特别喜欢吃上面的那层奶皮。冬天时，如果新挤的牛奶喝不完，妈妈就把它冻成坨，供下次用。自制的酸奶也非常爽口，口感和我们现在超市买的酸奶大不一样。我也喜欢吃奶酪，有时朋友也捎来一些家乡的奶酪，慢慢咀嚼，慢慢回忆家乡的味道。那时牛奶就是我们的茶。现在条件好了，都喝奶茶了，有卖现成的奶茶粉，蒙古族的奶茶不含茶，但自己做的奶茶总是要强于外面卖的。我也喜欢喝红茶，这也是家乡蒙古族兄弟生活中不可或缺的。小时候，看到邻居的蒙古族奶奶喝的红茶是把茶壶放在灶膛的火上煮，茶浓得有些呈紫黑色，她喝得那么香，觉得她喝茶的样子似乎在说生活是那么美好。后来，到城里工作了，看到有人喝红茶要放柠檬。在国外，到阿拉伯朋友家做客，喝的是红茶加薄荷。但我仍觉得我们蒙古族的奶茶、红茶更加芳香。

故乡人也亲

那年回乡，告别的聚会上，一位好友，也曾经是同事，唱了这首《朋友的心》："我们曾经同路走，我们曾经是朋友，人生的路坎坎坷坷，让我们有了不同的追求……朋友的心你要听听，别只顾自己走得急，朋友的心你要听听，大风浪你要经得起，朋友的心你要听听，我祝你前方好光景。"他是照着自己提前写好的歌词唱的。以前，从未听他唱过歌。歌里有离别的伤感，也有美好的祝福。1999年，我作为国家公派访问学者去荷兰阿姆斯特丹大学访学，有高中的好友来大连为我践行。2004年去中国驻荷兰大使馆任职，有家乡的朋友到北京为我送行。我不禁想起李白的诗句："桃花潭水深千尺，不及汪伦送我情。"

日子都好了，不缺什么了。偶尔，家乡的朋友也会捎来点农产品，如小米、冻豆腐、粉条。这真的会勾起思乡情。会想到秋天田野里压弯了腰的黄澄澄的谷穗。（在我的课堂上也常讲到与作物相关的成语："The richer, the more humble."（穗愈丰，其头愈低）。我会回想到谷子收割后铺到场院，然后用马拉的滚子在上面碾压，颗粒分离后，谷子黄澄澄的是那么美。家乡的豆腐又白又嫩，那是上乘的大豆和独特的水制作的。我也会为家乡的人祝福：高粱红，大豆黄，遍地黄金无灾殃。

回到家乡，虽然，年轻时的朋友，许多已染了白发，状况也各不相同，但丝毫改变不了那种多年建立起来的友情；虽然，因为不再年轻，不能像年轻时那么痛快的豪饮，依然要遵循把远方的朋友陪好的习惯；虽然，我们已经习惯了要住宾馆，不麻烦主人，但依旧被留住在家里，主人要尽地主之谊，无论如何不能冷落朋友；虽然，我们离开时不指望主人给带什么礼物，总是多多少少非得让你带上点，不能空手走。时代在改变，但家乡人的待客之道还没有变。我们走过国内外很多地方，只有在家乡，才会得到这样的礼遇。

本想写一个"故乡业也旺"，可是久别故乡，故乡的变化我只是从媒体中，或是朋友、家人的只言片语中略知一二，就不敢立题了，散写在这里才更好。

听说家乡城乡面貌变化很大，县城里建了两座立交桥、多个广场、公园，市民都住上了楼房，轿车进家庭成了普遍现象；出行更方便，通了高铁，就是距离萨尔图机场也仅是百里之遥。发展牧业、旅游业和水产业让老百姓都过上了好日子，创建全国生态名县使家乡的生态环境更好了。

我不知道"乡愁"是一个什么样的东西，我只知道，随着年龄的增长我思乡的心情愈加浓烈。我不知道我的家乡会何去何从，但我却知道我的心何去何从，那就是永远会遥寄北方，遥寄嫩江岸边的那个古朴的小村庄。

故 乡 情 怀

李泽春

　　故乡的一草一木、江河湿地，草原山冈，肥沃的黑土地时时都萦绕在我的心头。从呱呱坠地，咿呀学语，到蹒跚学步，就在这块黑土地上成长。这里的小米、江鱼养育了我，给了我成长的力量，打下了成长的基础。自那时起，故乡在我脑海中打上了深深的烙印便永不忘怀。

　　爷爷的爷爷选择了这块风水宝地，开始在这里繁衍生息。据爷爷讲，我的祖先是成吉思汗开辟中原时的得力战将"木华黎"的后裔，"李姓"来自于"黎"的谐音。我们的祖辈在大元帝国兴盛时期曾戍边山东省登州府文登市。大元帝国轰然倒塌之后向北迁移至热河省朝阳县三珠塔村。后来随着大凌河泛滥朝阳难以生息的北迁潮，祖辈北迁到现在的故乡腰新乡兴隆村，当时的蒙古族屯名叫"很吉日和"，蒙古族语的意思是"缺口"，因屯的西北边有一个岗子中间有缺口而得名。汉族人用不准确的谐音叫"很吉日和"，为"更鸡屯""坑屯""坑人屯"。解放初期被改成"兴隆村"。这些几经更改的名字、叫响了这个鱼米之乡。这个与肇源接壤，隔江相望吉林省镇赉县，"鸡鸣三省"的地方之所以闻名遐迩，称之为杜尔伯特的鱼米之乡，就是因为这里的土地含丰富的矿物质，土地肥沃盛产大米、小米，堪称口感、色泽一流，让这里的农民走上了富裕之路。富在深山有远亲，偏僻的小村以"两米一渔"闻名于世。

每年的清明节祭祖是全族人相聚的最好时机，爷爷在世的时候每次都告诫儿孙们不要忘根，不要忘了我们的老祖宗"木华黎"。想当年成吉思汗横跨欧亚大陆、火烧莫斯科，水灌巴格达，马踏布拉格，血染多瑙河，起兵二十万，疆土达三千万平方千米，靠的是全体将士的英勇奋战，其中的四杰之一就是赫赫有名的"木华黎"。尤其是成吉思汗西征以后一统中原的也是木华黎。在声势浩大的蒙古大军到来之际山东东平的严实、益都的张林等"改换门庭"归顺了蒙古，从那时开始祖辈们在山东沿海留下为文登戍边镇守。

当我第一次听到祖上的辉煌业绩之后感到十分的高兴和荣耀，而兴奋不已。从家族里的和睦相处、尊老爱幼、勇敢刚毅的家风可以看到名门望族的影子。

曾记得有一位远房的爷爷饱读诗书、满腹经纶、知书达理、十里八村的称之为"圣人"。有一次因家族内的兄弟之间闹财产纠纷，为解决兄弟之间的矛盾，老人家引经据典讲历史故事，说服了不顾情意执意分割家产的兄弟。他说：曾经偶遇江西翰林院沈仲仁，户科都给事沈仲义，为争家产，俱控蒙南直。于总宪硃批贴出辕门，兄弟二人一见痛哭而回，再不提分割家产。批曰："鹁鸪呼雏，乌鸦反哺，仁也。鹿得草而鸣其群，蜂见花而聚其众，义也。羊羔跪乳，马不欺母，礼也。蜘蛛纲罗意为食，蝼蚁塞穴而避水，智也。鸡非晓而不鸣，雁非社而不至，信也。禽兽尚有五常，认为万物之灵，祖宗遗业何须争，而伤手足大情。兄通万卷，全无教弟之才，弟掌六科，岂有伤兄之理。沈仲仁，仁而不仁，沈仲义，义而不义。知过必改，再思可矣。"老人引用这段至理名典之后，恐怕他们听不懂又详细地讲了一遍，禽兽都晓得知恩图报，通三纲五常，伦理道德，何况人呢？一席肺腑之言，说得兄弟二人默不作声，再不提分割产业一事。

杜尔伯特始祖爱纳嘎后裔五努图克承袭人"包好明家族"是很吉日和开荒占草的第一家，因靠嫩江，水资源充沛，土地肥沃，粮食产量高，质量优，引进大量的外旗阜新、喀左、朝阳的蒙古族人和部分汉族人，利用他们的农耕技术在这里开荒种地。外来的汉族人和蒙古族人租佃"努图克"的土地、草原、鱼亮子。由于"努图克"人有大量的资源，靠租佃就可以荣华富贵，因此有些纨绔子弟花天酒地，吸食大烟，钱不够向佃户预支租金。长此已往，有的将十几年的租金都预支使用了，到后来干脆卖给了外来户，致使部分外来的汉族人、蒙古族人也就有了土地、草原、鱼亮子。在土地改革、打土豪分田地时,《土地大纲》规定土改前三年拥有一定数量土地的农户也划为富农、地主。因此部分外来户也被划定为地主富农。

这里有辽金古城遗址,很早就有人类在这里繁衍生息,陶器碎片、铁器、钱币是最好的印证。

这里也是解放战争的革命老区,1945年这里曾经发生了八路军攻打"南地房子匪徒"的战斗,为了给八路军送饭村民"老陈头"就死在土匪的枪口下。

嫩江在这里形成了大大小小的"网窝子"、鱼亮子,盛产江鱼,鳌花、鲫花、鳊花、哲罗、发罗、雅罗、铜罗、胡罗、草、鲤、鳙、鲢、鲫、鲇、杂鱼、小形成鱼应有尽有,是沿江鱼种类最多,产量最高的地方。

这里盛产谷子、高粱、大豆、玉米,80年代以后又引进了水稻,优质的大米、小米享誉全国。清朝时后新屯长贝子乌尔塔那斯图到北京朝圣曾进贡小米,受皇帝欣赏,称之为"贡米"。在"大帮轰"年代里,兴隆村是全县交公粮最多的一个村,粮食单产在全县首屈一指。

1978年改革的春风吹遍祖国大地,家庭联产承包的政策使这里发生了翻天覆地的变化。日出而作,日落而息,面朝黄土背朝天的农民,改变了弯勾犁、钩镰枪,晴天一身土、雨天一身泥,顺垄沟找豆包吃的旧的劳动方式和环境。家庭联产承包的政策极大地调动了农民的积极性,有中国特色的社会主义,使农民早日脱贫,实现小康和中国的伟大复兴,使广大农民看到了希望，看到了光明，每时每刻都憧憬着未来美好生活。

改革开放让这里的一部分人走出了家门，看到了外边精彩的世界，有的人先是给老板打工，赚足了钱之后又成了小老板、大老板，一带二、二带三像滚雪一样出现了一批腰缠万贯的致富能人。仅以经营北京"老布鞋"而发家的老板就有十多个。

改革开放之前全村九百多户 5 000 多口人中大学生寥寥无几，至今已达到几十个，有的还读了名牌大学成了硕士、博士。这些有识之士、莘莘学子，把外界先进的理念带给家乡，并组织一批能人到外地闯荡，走进五彩缤纷的精彩世界，逐步懂得致富的手段，赚钱的门道。还有的通过联姻，引来南方及全国各地的能人，学到了致富经，使自己走上了富裕路。

农业机械化给粮食的增产增收带来了极大的效益。播种、田间管理、施肥、喷洒农药、收割全部是机械化。农业的机械化已成了现实。引进了先进的科学栽培技术，优良的种子，嫩江沿岸的黑土地培育出了优质大米，亩产达到 1 500 斤，实现了千百年来种植水稻的梦想。

金秋八月受亲友之邀，我对家乡的山山水水浏览一番，感受颇深。站在村北面的"敖包岗"上举目远眺，让我顿时感到心潮澎湃，激动不已，金黄色的稻谷掀起了层层波浪，嫩江像洁白的哈达祝福幸福吉祥，树木摇曳百鸟歌唱，到处呈现出欣欣向荣的景象。在亲友的引领下走进了村里，整洁的街路，宽敞明亮的砖瓦房，安居乐业幸福安康的场面，一个小康社会的缩影就在眼前闪现，太阳能热水器、自来水、暖气、室内卫生间、液化气灶、现代化的家用电器、豪华的家具一应俱全。有的户还买了轿车，几百户的村庄轿车就达几十辆，通过现代"网络互联网＋"把"兴隆贡米""兴隆大米"，各类江鱼及其他农副产品销往全国各地，农民再不为销售难而犯愁，坐在家里就可以相互交易各类物资。

边走边看不时的询问，走着走着叔叔看了一下手机上的时间说声："咱们吃饭去"。七十多岁的人也用上了智能手机，我好奇地说了声："爷们，你还挺赶时髦的，还用智能的呢！"老人哼了一声："这算啥呀，全村每户差不多都有两三部，购物、微信视频方便着呢！"说着走进了一家叫"嫩水人家酒楼"的饭店。使我更感到惊讶，十一届三中全会以前泰康县城里的饭店屈指可数，现在一个偏僻的小村也有了饭店，而且一个几百户的村，就有三四家饭店，大事小情、亲友聚会、红白喜事、来人去客全在饭店应酬。

三大桌近三十位亲友聚齐，开始上菜，红烧鲤鱼、清蒸鳌花、煎鳊花、酱炖鲫鱼、炖本地鸡、手把羊肉、蘸酱菜应有尽有，未等开席已是垂涎三尺。首先是叔伯三哥站起来致了欢迎酒辞："说这次轮到我坐庄请老亲少友在一起开怀畅饮。"席间能歌善舞的晚辈们还唱起了蒙古族的祝酒歌。这顿饭少说也得1 500元钱。我低声问了一下坐在我身边的五哥，谁来坐庄。

五哥告诉我，我们这几年富裕之后有一个不成文的约定，凡是来客，在村里的老亲少友都轮流坐庄请客，借亲友到访的机会大家相聚，进一步增进友谊，叙叙友情，说说心里话，我心里想：原来如此。

回家返程的路上我坐在车里沉思。一个至关重要的问题久久不能让我忘怀。我是十一届三中全会前后变化的直接见证人之一。历经了互助组、初级社、高级社、人民公社、"十年动乱""大帮轰"改革开放、联产承包，饱尝了以往的艰辛和现在的幸福生活。改革开放以前别说是请上一顿上千元的美餐，一年也见不到几个钱，生产队、大帮轰、脸朝黄土背朝天的农民，起得比鸡早，睡得比狗晚，干得比牛多，辛苦一年，临近春节，每口人发一块钱，买点供应的红白糖、豆油、盐醋就算过年了。党的十一届三中全会后，家庭联产承包政策极大地调动了千百万农民的积极性，粮食单产成番论倍地增长，让土地淌金流银，农、林、牧、渔各业齐发展，打破区域、地域界限，大量农民工北雁南飞、四处淘金，钵满盆溢。每年的一号文件给广大农民吃了定心丸，党的十九次代表大会又决定第二轮土地承包结束以后，承包期再延长三十年，让农民心里有了底，铆足了劲。

中国特色社会主义，让广大农民走上了富裕的康庄大道，2020 年全面脱贫，实现小康社会。十三亿人口的泱泱大国能有这样的雄心壮举，得益于以习近平同志为核心的党中央的英明领导。

没有战争，没有战乱，国泰民安，是人民安居乐业的保证。日益强大的国防军事力量，情结四海、谊达五洲的外交，日新月异的城乡面貌的变化，天蓝水清的环境，四通八达的水、路、空交通，蓬勃发展的网络事业，高科技的现代农业，让过上好日子的广大农民幸福指数不断提升。

新中国成立以来尤其是改革开放以来，中国人民找到了中国特色社会主义这条正确道路，并沿着这条道路，推动一个农耕古国向工业化转型，让一个古老的文明体系抽出了现代化文明的新枝，完成了 10 亿级人口规模与现代化相结合这个人类历史上从未有过的壮举。

在习近平总书记宏大的视野里，五千年灿烂的农耕文明，100 多年跌宕起伏的屈辱历史，30 多年激情燃烧的改革开放岁月，构成了中华民族前后相续的历史坐标，在这样的坐标系里，才能更加准确地把握中国改革发展的方向，才能更加深刻地理解"创新、协调、绿色、开放、共享"的发展理念对中国未来的意义。

2020 年全面建成小康社会之后，我们将踏上建设社会主义现代化国家新征程，为实现第二个百年奋斗目标、实现中华民族伟大复兴中国梦继续努力，不懈奋斗。

实现中国梦指日可待！故乡啊，那时，你会变成啥样？一定会更好！更美！

献给爸妈金婚的回忆

孙文秀

　　一对天鹅，护佑着四个孩子，在平静的水面上……这是爸妈在 2006 年 6 月 4 日搬进县城楼房时选购的一幅画。选中这幅画的原因，就是画面很像我们家，那水恰似连环湖的水，水面中间是爸妈，周围是我们姐弟四个。

　　爸妈都出生在河北省故城县农村，祖上是地地道道的农民。1960 年爸只身一人应招来到连环湖，1964 年农历十月二十日爸妈结婚在连环湖落户安家。从周大娘家的北炕、李大娘家的小东厢房，到老供销社东墙外的土草房，从白手起家汗泪和泥自建的包砖房、精心设计改建的临街砖瓦房，到宽敞明亮的县自来水家属楼，6 座房屋，5 次搬家。住房的变迁史，就是爸妈的奋斗史，也是我们家的发展史，更是这个社会的进步史。我们因生在这样的家庭而荣幸！我们因有这样的父母而荣幸！我们因赶上这样的时代而荣幸！

　　很想在爸妈金婚纪念日来临之时，再陪爸妈回到连环湖，沿着居住房屋的轨迹，觅曾经的家，忆当年的事，感父母的恩，悟人生的理，传治家的经。这样想了很久，终于在2014年12月13日实行了。

当我们陪着爸妈，迎着冬日的冷风，走在积雪的巷道上，一个个去寻访那曾经的家的时候，虽然老房多已旧貌换新颜，但每次止步路上房前，头脑中立刻就会涌现出当年家的模样，当年爸妈的模样，当年我们的模样……爸妈从年轻到年老，我们从小孩到成人……时光啊！真想留住你的脚步，让我们再回到小时候，投入父母的怀抱，围坐在父母的身边，吃父母做的热饭菜，听父母的声声安排。"快起床，早睡早起，两眼欢喜""赶快去学习，不学习怎么能有出息""只要你努力学习，砸锅卖铁都供你""年三十到初五放假休息，初六开始该干啥干啥""叫个人就不能没志气"……多么久远！多么熟悉！多么甜蜜！

回忆过去，爸先在分场冰天雪地、风里浪里忙捕捞，后回总场所在地养殖、保管、现金员一身兼多职。还记得爸去中苏边界的贝尔湖打鱼三年，有一天晚上回到家，捧给年少的我们一个胶皮娃娃，那真叫惊喜；还记得爸冒险在大坑营子河道管理站下网打鱼为站里增收，却被恶人状告，后化险为夷；还记得爸穿着大裤衩割秋板苇子、压糜子，骑着自行车到十多里外的村供销社卖席子；还记得爸最会选好水流下网捕鱼，木匠、瓦匠样样拿得起，左邻右舍都夸你；还记得爸工作干得好，年年当先进得奖品，涨工资总有你，有一次还发扬风格让给了别人一级。

回忆过去，妈虽没有工作，但她是家里最忙的。每年动脑设计安排全家生计，爸送妈外号"王大安排"。参加家属队劳动、种地收地、沏砖抹泥，只要别人能干的活儿，她就能干。回到家里洗衣做饭，养猪喂鸡，关爱爸的身体事无巨细，培养我们良好的生活习惯，支持我们学习毫不犹豫。即便爸不在家，妈照样把家撑起来。不好意思出口的叫卖声妈喊了，不敢抓的貉子妈养了，不舍得的房子妈卖了，不愿求的人妈找了……为了孩子、为了家，妈每天起得最早，睡得最晚，吃苦最多，享受最少。正像鲁迅先生所写：吃的是草，挤的是奶。妈相夫教子有方，勤俭持家得法，是实实在在的贤妻良母。妈敬老爱幼，和睦邻居，扶贫济困，就连家里养的猪、鸡、羊也会得到妈的善待。

回忆过去，20 多岁的爸妈曾一起开荒种地，土豆、白菜、玉米、糜……别人家的干粮筐高高挂起，孩子想方设法去充饥，我们却能吃得很饱，品种也不单一。30 多岁爸妈曾一起组织我们织网编席，分工明确，因人而异，全家总动员多干、快干，别人家孩子穿得破旧，我们却年年换新衣。几十年爸妈曾一起供我们读书，别人家的孩子嬉戏打闹之际，我们却在努力学习，相继考入令人羡慕的重点高中、中等专业学校，弥补了妈一生没读多少书的缺憾。几十年爸妈曾一起孝敬老人，把接到家中的奶奶精心侍候，远居关内的姥姥平时书信联系，年节寄钱，只要有条件就要回去看看。别人家的孩子挣了钱存在自己手里，我们每个人的第一份工资首先寄到长辈家里。退休了的爸妈一起养貉子、蒸花卷，即便年龄大身体差，也不愿牵扯儿女，别人家的孩子在啃老，我们每个小家庭都很自立。

真的有太多美好的回忆，真的有太多感激的话语！那天，儿女们摆了一桌酒席，一家人欢聚在一起。爸为大家朗诵了自己创作的一首诗，妈出乎所有人意料的拿出了四个红色信封，那信封是手工贴制的，上面用毛笔写了三个字"和睦奖"。啊！原来爸妈早就设计好了，要为我们姐弟四个小家庭发和睦奖，每家奖金两千元。激动之余，我们再一次深刻地体会到，爸妈最大的心愿是我们姐弟及每个家庭成员团结和睦，我们几十年的努力实践，可以说爸妈是满意的，这也算是我们对爸妈的一点回报吧。五十年爸妈功劳有多大，不但养育我们成人，还对隔辈人把汗水洒。远在沈阳、上海、长春的孙女孙子也不能忘记你们的恩情，纷纷打来电话、寄来红玫瑰和百合花。

回首爸妈金婚纪念日已经过去三年，那场景还时常浮现在眼前。如今已是近八十岁的人了，看着中年的儿女们都有自己的工作岗位、有自己和睦的小家庭，连最小的孙子也考上了研究生，爸妈脸上总是挂着笑。国家连续 12 年提高企业退休职工工资，爸从每月挣 700 多变成了 2700，妈从"五七工"每月 413 元挣起，连年攀升到了 1 500 多元，虽然还不算很多，但爸妈已经非常知足满意。他们常说："国家政策好，儿孙又孝顺，我们心里有底，一定要好好活着。"现在，爸每天都要练习喜欢的书法，在公园散步时听着录音机，不知不觉中已经学会了几十首歌曲。妈愿意交朋友，三五个姐妹一起扭秧歌，像上班一样准时到老年活动室参加娱乐活动。当然，爸妈还经常到搬进城里的连环湖老乡家里，交流老感情和健康养生技艺。

爸妈给予我们生命，恩比天大！我们能做什么就做什么吧！做多少也不够，做多好也不能报答。记住爸妈的话，锻炼好身体，经营好每一个家，做好每份工作，教育好每一个孩子吧。这样爸妈才能更幸福，六十年钻石婚的十年等待才不在话下。

让我们常常回家陪陪爸妈！让我们拉着爸妈的手齐心协力奔向"中等发达"！

奶奶的筐

任凤翔

从我记事起，家里就有一个小筐，这个筐总是高高地挂在屋梁上。筐里装有一点点水果和食品，这是父母为奶奶编制的筐。

在那个生活艰苦的年代，"大饼子，咸菜梗子，不吃硬挺着"；"三分病七分装，一心想吃疙瘩汤"。很多物资凭票凭本供应，在农村更是罕见"细粮"。连许多平常的食品因为贫穷也不能老少同享。

有人说：再苦不能苦了孩子；可父亲说：再苦不能苦了老娘。

父亲节衣缩食孝敬老人，有一口好吃的总让奶奶先尝。奶奶常常摘下那个筐，给我们分两个"光头"和半块香肠。一经被父母发现，总要和奶奶理论一场。父母说：小孩子吃东西还在后头；奶奶说：小孩子长身体正需要营养。

不懂事的我馋急了，踩着东西偷着去够那个筐，拿走两个苹果又捎上了几块糖。常常不料遭到母亲的训斥，只好默不作声地立于一旁。

随着光阴的流逝，我长大了，懂事的我终于掂出了那个小筐的分量。那是父母孝敬奶奶的心意呀！从此我再也不够那个沉重而金贵的筐啦。那个奶奶的筐是父母孝敬老人的筐，是朴实家风的延续，是传统孝道的崇尚，是中华美德的缩影，它折射出民族的大爱之光。

岁月悠悠我已变老，我常常想起奶奶的筐。

故 乡

王树臣

在碧波荡漾的嫩江东畔，坐落着一个三百多户人家的小村庄，论风景，虽说比不上"桂林山水甲天下"，但在我的心中也称得上是一个依山傍水的世外小桃园了，它，就是我的故乡——杜尔伯特县巴彦查干乡朝尔村。

故乡的一切给我的印象都是深刻的！故乡的一草一木对我来说都是可爱而亲切的！我爱故乡那天赐的美丽景色，但，我更爱在这片土地上辛勤耕耘的故乡人民。

秋高气爽之时，你如果登上故乡北面那被当地人称为"北腰岗"的顶峰，站在挺拔翠绿的白杨树下，俯瞰周边那遍地的丰收果实，赞美之情便油然而生。假如你是一名作家，一篇诗意盎然的文章会立刻流出你的笔端；假如你是一个画家，一张充满丰收色彩的立体画卷会立刻在你的笔下勾勒出来；假如你是一名战士，保卫丰收果实的义务会使你更加明白自己担负的重任……你瞧，山下谷地里，金黄色的谷穗迎风摇曳，整个谷地嫣然是一片金黄的海洋，不时掀起一层层的波浪。远处平坦的高粱地里，一簇簇亭亭玉立的红高粱，像一排排持枪挺立的哨兵，在他们中间还不时会出现孩子们的身影，喔，那是他们在打"乌米"，又黑又肥的"乌米"对山村的孩子们来说还真算是佳肴美餐呐，吃起来别有风味！

联产承包的春风给故乡带来了勃勃生机，故乡人民生产的积极性像火山一样爆发出来。信步在秋天的场院里，丰收的情景使你目不暇接，高大的粮垛比比皆是，脱谷机、扬场机、选种机的轰轰作响和姑娘、小伙们的欢笑交织成一曲欢快的丰收交响乐，村里一年粮食的总产量翻了十番。多么可观的数字啊！而这丰硕的成果背后又怎能和故乡人民的辛勤劳动分得开呐！

亲爱的朋友，当你也作为故乡的一名收获者，看到这丰收的场面，又会有怎样的感想呢？你能否被眼前这丰收的场面所陶醉？我敢说："任何一个身临其境的人都会赞美我的故乡的"。

如果你是一个体育爱好者，也会爱上我的故乡的。故乡的人民从学生到农民都有很多体育爱好者。每到夏季，小小的故乡总有篮球、乒乓球等球类比赛，什么老年组、后勤组、机车组……，别具一格！无论你坐在浓荫蔽日的檬槭树下观看激烈的篮球比赛，还是坐在宽敞明亮的乒乓球室观看乒乓球赛，都会被他（她）们那高超的球艺所吸引折服。今年，在乡里举办的八一篮球比赛中，故乡的男女队分别获得了亚军和冠军！

难忘的1998年，百年不遇的特大洪水一夜间淹没了故乡大部分房屋和农田，勤劳勇敢的故乡人民在党和政府的领导下，振作精神、挽起袖子、灾后重建，一排排整齐划一的砖房拔地而起，村容村貌发生了巨大的变化。灾后故乡人民用勤劳和智慧修筑了几十千米的引水渠道，把大部分旱田改为水稻田，至此嫩江水乖乖地沿渠而上为民造福。今天的故乡绿树成荫、稻花飘香、牛羊成群、鱼跃池塘，故乡犹如一颗镶嵌在巴彦查干乡经济建设版图上的璀璨明珠，放射出熠熠耀人的光彩。

伴着新农村建设的步伐，故乡又有了新的起色，村子的主要道路都铺成了水泥路，两旁栽上了杨柳。现在，到了盛夏季节，尽管烈日当空，人们却可随意在绿树成荫的街道上散步。故乡的人民还重建了俱乐部、办起了酒厂、养殖场、粮米加工厂，每天傍晚出酒时，一缕缕美酒的芳香会立刻扑进你的心田，使你不自觉地哼起《祝酒歌》那优美的曲调。故乡孩子们的学习生活更是愉快而幸福的，当你信步走入校园时，透过明亮的玻璃窗可以看到一张张可爱的笑脸，听到孩子们琅琅的读书声，你心情会无比欣慰，你会默默地为他（她）们送上美好的祝福。

我不知用什么样的语言来表达自己对故乡的热爱，不知用何等美丽的词汇来形容故乡的可爱，我要高声欢呼，我爱故乡！

我美丽的家乡

林 波

苏轼迎接流放岭南的好友王定国时，问王定国的歌姬寓娘"岭南风土不会好吧？"而寓娘答曰："此心安处，便是吾乡"。因答的深合苏轼心意，苏轼遂提笔作了一首词《定风波．南海归赠王定国侍人寓娘》，"万里归来颜愈少，微笑。笑时犹带岭梅香。试问岭南应不好？却道：此心安处是故乡。"这首词我印象尤为深刻，因为它说出了故乡之于我，并非是一个地点的概念，而是那方水土给予我"家"一般温暖安稳的感觉。时光荏苒，仿佛瞬息，我也伴随着家乡杜尔伯特走过了46年。这46年里我的家乡变得越来越美丽，也注定我更热爱这片热土。

拼搏让家乡沧桑巨变，改变让游子感慨万千，家乡变得越来越美丽，变得越来越温馨，变得越来越富庶。有时会让你觉得突然不认识。回首来时路，我想每一位在这片热土上奋斗过的人都会无限感慨，为自己曾经流过的汗，更为这几十年的家乡变化。曾记得，三十年前，不论是县城还是乡村，到处是土房，冬天挡不住的是寒风凛冽，夏天遮不住的是烈日炎炎。而如今，县城人住的都是夏不热冬不冷的楼房，乡村出现了一批批式样多彩的新居，平添了一道道靓丽的风景。回想当年，当拖拉机第一次驶入村里时，人们还十分好奇，小孩子都追着赶着跑着看这个突突冒着烟跑的铁家伙，究竟是个啥玩意。而如今，在农村传统的耕作方式正逐渐被轰鸣的拖拉机、收割机等现代化农机所代替，农民已不再满足于"日出而作，日落而息"的传统生产生活方式。"三代家人一间房，四世同堂居陋室"早已成为过去。今天，从前的平房变成现在的小高层、复式住宅，人们的居住都向着"更高大、更宽敞、更环保"发展。空调、冰箱、洗衣机等现代家用电器一应俱全，处处折射出人们居住条件的极大改善。再看今天人们的衣食住行，挣钱为糊口已成为历史，出行靠两条腿，俗称"11"路已经由各种机动车所取代。人们按着季节更替穿着时装，可谓五光十色，个性彰显。

这些翻天覆地的变化，源于我的父辈和我的兄弟姐妹的勤劳朴实，源于我的家乡父老乡亲的不懈奋斗。

将荒漠绘为丹青，给秃岭重披新绿，时代的园丁挥汗如雨，在希望的田野上，勾画出华美的篇章。时间的跨越短暂而又漫长，从拔地而起的大楼上鸟瞰，家乡立刻就诗一般的灿烂辉煌。

我的一个表姐和我一样是土生土长的杜尔伯特农村人，她年轻时由于家庭人口多，虽然读到小学戴帽的中学毕业，但为了生计还是回乡务农了。那是个很偏远的小村庄，全村都住得泥草房。家家为了吃上饱饭而奔波。表姐也只好草草地选了对象结了婚。婆家人口更多，7口人挤在两间泥草房里。表姐和表姐夫勤劳能干，这些年硬是凭着种地、养牛供两个孩子读完了大学，盖起了大砖房。而今两个孩子一个在北京工作，一个在县城工作，表姐家也在县城买了楼房，搬进县城为儿子看孩子，每天含饴弄孙，尽享天伦之乐。

我记忆中的过去发展到现在，这是多么不平凡！我的家乡跟上了祖国崛起、经济腾飞，人民生活奔小康的脚步，我的家乡父老的生活实现了由贫穷到温饱，再到整体小康的跨越式转变。这一切只用了这么短的时间，可称为世界发展历史上的奇迹。

而今，我的家乡经济蓬勃发展，我的父老乡亲安居乐业。进入新时代，我们有理由相信，生活会越来越富足。记忆珍藏，我希望那些顺应时代变革的消逝，不是淘汰，而是铭记。不可磨灭的是那些为之付出了青春、智慧和汗水的一代又一代我的父老乡亲。每一次成绩的刷新，都是过往经验的积累，每一次实力的展示，都是向明天启程的信心。对于未来，我们将用同样的情怀，致力于建设杜尔伯特我美丽的家乡。

你知道杜尔伯特有多美

蒋恩广

　　黑龙江省西部有个美丽的杜尔伯特蒙古族民族自治县。"杜尔伯特"为蒙古语序数词"四"的意思，杜尔伯特蒙古部落曾迁徙至此。那里的人们牧读持家，耕读传家，生产方式亦牧亦农，蒙汉等各民族风情相互融合。发源于大兴安岭伊勒呼里山的嫩江流经这里，是这里的母亲河。与流入这里的乌裕尔河、双阳河，共同灌溉着这里的草原、牧场、农田，滋养着这里的人民。我曾在不同的年份，不同的季节前往位于嫩江边上的王府新村、绰尔村、大庙村、太和村、九扇门村、江湾中心村、拉海村等沿江村屯，旅游观光，采风写意，踏察民族风情。

杜尔伯特的美在水

　　我出生与成长的环境并不全都是在水边儿。我不知道自己是不是"水"命，可我却是从小爱玩水，喜欢水。看到水中有生物，我会很欣喜，很开心。每见到一湾江水，一泓湖水，甚或是一缕小溪；我都要俯下身子，将手伸进水里撩撩、涮涮，试试水的体温，感受它的清凉或温润。认为只有这样，才算是与水这一灵物进行了最亲密的接触。每年的五月末六月初，正是嫩江里的蛤蜊产卵的时节。遇到了，我自然不想错过这一观察自然环境的好机会。江边的浅水里一缕一绺的蚌卵（蛤蜊就是淡水河蚌在东北各省的俗称），一端像系在水面下的泥底里，一端浮在水面上。微风吹来，随着水面的晃动，飘飘漾漾，悠悠忽忽，颜色有点像浅黄色的细箩筛过的玉米面儿。如果你吃过螃蟹，它又有些像遇水稀释的蟹黄儿。透过浅水，能看到小三角蚌背顶朝天地直立起来行走，斧形的肉足从两扇蚌壳中伸出，"磨蹭"着在水里的软泥上"蜗行"。它需努力的直立，保持着平衡，才不致侧翻、倾倒。爬行过后，留在泥底上的足迹有小指那么宽，一道儿一道儿的，曲曲弯弯。肉足是蛤蜊肉中最主要的可食部分。嫩江里，我先后看见大约有四五种不同形状的河蚌。其中，最多而又最大的有两种，比手掌大，比拳头厚的是大三角蚌，学名分别应叫作褶纹冠蚌或背角无齿蚌（褶纹冠蚌又名燕蛤蜊，背角无齿蚌又名河蚌）。还有一种是上面提到的小三角蚌（小型的、不会长成大三角蚌）。第三种是一头儿大而圆乎，另一头儿小而尖尖的锥形蚌，有点儿像沿海滩涂上出产的蛏子。第四种，一时还想不起来怎么描述它。我曾与当地人在齐裆深的一个湾子里，在水下赤脚踩摸大三角蚌，然后再哈腰用右手或左手抠起，抛在长满柳条，杂草和野花的沙洲上。因为弯腰，面颊、耳朵都要浸在水里，亲吻水面。第一次踩到这种大河蚌圆了我的梦，让我兴奋异常。

　　五月末六月初，正是杨柳吐絮青草旺长百花绽开，最宜于踏青出游的时节。偶尔一阵大风吹来，江水激起一朵一朵的浪花。江面上鱼鸥叫着，艰难的迎风飞翔。无风而又少云的时刻，它们则忽儿俯冲觅食，忽儿捉对儿嬉戏。这时，人若是走在岸边沐浴着春光，只觉得这个世界是暖暖的。四周所有的一切都是因为你的到来才存在的。江中沙洲上，生长着几株野桑树，枝上长出绿的、半绿半红的小桑葚。本应该在北方大山里生长的野山丁子、野山里红，却也在这里落脚生根，花开过后各自结出绿色的小果子。一种在沙崖上穴居的土燕子在崖畔上停留，在洞穴口进进出出，它们要育雏哺幼了。空中不时掠过几只大雁的身影。

　　沟汊小湾里，野莲叶、野菱叶们各自或相互依偎着浮漂在水面上，从容淡定。一种叫不上名字的黄色小花也拥挤其中，在水面上开放，丝丝缕缕的香气从花间向四周飘散。我最喜欢的水生植物香蒲，在这里也有"待见"。

　　江边荒滩地被开垦出来栽植上了水稻。尺把高的秧苗，争相吐翠。由近向远望去，让你感到，全年的希望就在这里。远处矗立着一所白色的提水泵站。江水和着泵转的歌声在水渠里淙淙流淌着，再流进一畦一畦方方正正的稻田。

连环湖。它是县属的一个渔场。沿湖边绕行一周，你会发现，长长的湖岸线从起到止所圈绕的湖面并不是想象中的圆形或多边形。而是丰水期互相牵连，欠水期个别断链的，18 个大小不等的独立湖泡组合。它湖湖相连相通。每两个湖，边际处因水的牵手而相叠重合，瓜瓜葛葛，缠缠绵绵。偶遇某一年大旱时，这 18 个湖泡的边际轮廓才能看得清楚。雨水多的年分，老天眷顾，乌裕尔河、双阳河上游地区，降水多多，无法蓄留而经我县泄入嫩江。连环湖都捎带着被灌注得盆满钵满。在两个湖泡相接处，一般设置闸口，可通可断。有一个湖的名字挺有趣，它叫"火烧黑"，是由蒙古语"和硕黑帝"音译过来。意为"旗寺"管辖下的泡子。20 世纪 50 年代，时任黑龙江省省委书记杨易辰一行人来到这里视察工作。根据 18 个湖泡所占地表的形状，始命名为"连环湖"，一直沿用至今。几年前，连环湖渔场开发出地热资源，丰富了这个综合性旅游景区的游览观光项目。夏季，无风的时候，连环湖各个湖泡都水平如镜，偌大的湖面没有一丝波纹。像一个个硕大无比的镜子平置在草原上。蓝天苍穹下，漂浮的白云像大朵大朵的棉花团一样倒映在湖水里，风吹白云动，棉花团似在水里漂游。站在湖边，我看见一种名叫"长脖子老等"的灰色大鸟（学名苍鹭），两只腿脚不时地变换着独立在湖水较浅的地方；等待着从身边过往的小鱼儿，将其擒获，头先尾后地吞下，成为腹中的美食。

　　当奈湿地。是一眼望不到边，郁郁葱葱，以芦苇为主要植物的绿色湿地。间有蒲草、旋覆花等水生或半水生植物。当奈湿地里有会飞兼涉水的、多种会游的，还有两栖的等诸多种鲜活的生命，具有物种的多样性。实际上，当奈湿地是享誉世界的扎龙丹顶鹤自然保护区湿地的重要组成部分，生态环境都一样。只不过是缺少了媒体的宣传报道，因而才较少为世人所知晓。我曾不止一次地去过当奈湿地、当奈村。有一年的深秋，首次前往当奈村。当时，是看到大庆的媒体报道，说当奈村"窖"储泥鳅鱼，感到新奇和疑惑才前往探究的。这种泥鳅"窖"也像往昔农家院储白菜、萝卜、土豆之类的菜窖吗？原来，当奈村的村民入冬前，在湿地边缘挖出长方形，深一点五米以上的水池；将秋季在湿地捕获的泥鳅鱼投入水池中"窖"储起来，留待第二年开春儿及以后的一段时间里出售。有了窖池就可以在销售的淡季收储，再到生产的淡季时售出。

　　站在当奈湿地边儿上，向北眺望扎龙湿地，无论什么季节，都望不到边。晴空，只能影影绰绰望见最远处的树梢儿。

　　夏季，连天接地的芦苇遮住了视线。隐藏在芦苇深处的丹顶鹤，不时地发出阵阵鸣叫。还有一种叫"虎不拉"的鸟，比麻雀要大一些，为数不少。专门的在苇丛间飞来跳去，鸣叫起来忘情得几乎不知歇息，稍显聒噪。你的注意力会不断地被它们的叫声唤走。阵风吹来，芦苇摇曳。苇茎，苇叶相互摩擦、碰撞着发出沙沙沙的响声。在这里，你只有一种感觉，就是绿意盎然伴随着静谧和松弛。秋季，丹顶鹤迁飞之前，会到湿地邻近的农田里捡食村民收获后遗落的玉米、豆类等多种谷物的颗粒。这时田野的庄稼已被放倒，没有了遮拦，你会看见它们一只脚抬起另一只脚落地的孤傲身影。有时还能遇到保护区的巡逻人员。当奈村在当奈湿地的南垣，这里是杜尔伯特辖下的另一处旅游景点。从全国各地来的游客都有。也有来自国外的。景点建有湿地景观长廊。还引进了我国南方才有的竹筏子（竹排）。每一个筏子上都有一位景点的工作人员（当奈村的村民）站在筏子上撑篙。筏子上的游人们用各种器皿俯身舀起水来相互泼洒，欢笑声一串串播向远方。也有人高兴地唱起各自拿手的歌曲。

冬季，这里冰雪茫茫，苍凉壮美。渔业是杜尔伯特的重要产业，与农、牧、林、旅游各业并举。一江（嫩江）两河（乌裕尔河、双阳河）及众多的天然湖泊就是杜尔伯特渔业生存、发展并壮大的基础，就有了取之不尽用之不竭的淡水鱼资源。凿冰，镩冰眼，冰下拉大网冬捕是北方渔业生产的一种方式，一种成例。央视四套和七套节目多次报道毗邻的吉林省查干湖渔场凿冰冬捕的盛况。可是你知道，杜尔伯特境内的石人沟渔场，连环湖渔场，齐家泡渔场，兴隆村小河子渔场、科尔台湖渔场等为数众多的大小湖泡所构成的渔业企业，冬捕时所展现的火爆场面，其壮观热烈绝不逊于查干湖。众多游人届时纷纷赶来看冬捕并快乐购鱼。我曾穿上皮毛一体的军勾鞋，在离家就近的西湖泡冰面上站立数小时观看渔工冬捕的全过程。

近两年来，县领导班子和渔业部门，加大了渔业生产的对外宣传。将每年的十二月二十四日设为“中国·大庆连环湖冰雪渔猎旅游节”。相应的，也少不了“开湖节”呦！——那是在春季。有了鱼，就有了美味珍馐。这里是杜尔伯特本地人及周边地区人们食鱼的福地、宝地。吃鱼当然成了人们最寻常而又最快乐的事情。天天有鱼，连年有余。饥荒年月，这里的鱼曾用来充饥，以弥补粮食的不足。鱼养育了这里的人们。这么多年来，我没少吃这里的各种鱼，遇名贵鱼时，还买来馈赠亲朋好友。春天，开江之后，多种大小鲜鱼装在大小方盘里；摆在了当地的室内或露天市场。很让人感到满足和欣慰。

最多的鱼种自然是过江之“鲫”。依次排列的鲤科鱼类，有鲤鱼、花鲢（鳙、胖头）、白鲢、草根、鳊化（本地产的学名叫长春鳊，从南方引进的叫武昌鱼或团头鲂）、多种鲌鱼（包括名叫白漂子的小白鱼）。还有鲇科的鲇鱼、鳢科的乌鳢（黑鱼）、松花江翘嘴红鲌（岛子鱼、白鱼）、葛氏芦塘鳢（老头鱼、山胖头）。再有就是黄颡鱼（嘎牙子）、柳根儿、鳜鱼（鳌花）、银鲴（又名黄鲴，黄孤子）、吉勾等。“麻鲢儿”或“麻联儿”是当地的叫法，但它不是白鲢也不是花鲢。同“岛子”和“兴凯湖大白鱼”一样，它也噘嘴（翘嘴）。这种鱼最显著的特点是，整个脊背及两侧腹肋都长有规则的麻点，去掉鳞后，麻点仍在。鱼体水平摆放，明显比“岛子”和“兴凯湖大白鱼"要宽，体长可达 30 多厘米，单重达 300 克以上。售价也跻身于当地较高的鱼类之中，一般在 10 ~ 13 元/斤，产量较少。余下的就是认不全、数不清，也归不了类（科目）的鱼。近些年引进的鱼类有太湖银鱼（面条鱼，通体透明）、洪泽鲫、兴凯湖大白鱼、鲈鱼……县水产总站的姜站长后来告诉我，全县水域内共有 12 科 61 种鱼类。这里的鱼大多在野外自然环境下生长，不投或少投喂饵料促其速生速长。因此味道鲜美纯正。此外，这里的水生物还有白虾（江虾）、青虾（塘虾）、大白虾、龙虱（俗称黑老鳖）、螺丝、药用宽体金边儿水蛭……鱼类的富产，众多野牲饲养场得以依鱼建立。一些小型野杂鱼筛选下来饲喂狐、貉、貂等皮毛动物。

杜尔伯特美在草原

清明节前后，冰河渐开，残雪渐渐融化。草原上最先露出小脸儿的是菊科植物，可食的野菜婆婆丁（蒲公英），蒲公英是草原的报春使者。它与紧随其后的几种小草们向这里的人们展示着蛰伏一冬的绿色。六月初，萱草黄花，细叶百合，鸢尾兰、桔梗等大花显花植物，争先恐后或相约着在草原上绽蕾开放。一些叫不上名字的野花们也分别在自己生长的位置上尽职尽责，打扮着春天里的草原，并扮靓着草原的整个夏天。夏天是千草百花在草原上的最靓丽的时光。黄花菜也被叫作"宜男草"，可食。我曾多次在黄花盛开的时节，采摘一些黄花儿的花蕾，经过短暂的蒸制、晾晒后，收藏。在楼房里放置可几年不坏，也不招虫蛀。瘦猪肉丝炒黄花菜是一道美味。久居城市里的人们，一边采摘着黄花菜，一边沐浴着草原上的阳光、暖风，带走了对草原的美好印象，释放了心里的积郁、焦虑，留下了一身轻松。黄花开放的时节，也是一种叫作斑蝥的芫菁科有翅类昆虫进行盛大欢筵的时节。它们才是黄花菜最古老最正宗的"吃货"。它们飞落或爬上黄花儿的花蕾上，选择最易啃食的地方下口。一朵朵黄花被啃食出一个个豁口或窟窿，然后再去啃食另一朵。它们还在黄花上互碰触须言欢或完成一生中的大婚。

百合花，蒙语发音为"撒拉楞"，直译为萨日朗，是蒙古族同胞的最爱，很多人家都将自己的女儿取名为萨日娜，萨日娜应该就是萨日朗，就是红色的百合花。红红的百合花，最宜观赏。远远望去，微风吹拂着一朵朵红色的小花儿在多种绿色杂草的映衬下，微微摇晃着，像一盏盏红红的小灯笼一闪一闪。这里的百合花生长在草原上略呈碱性带细沙，地势较高的土壤中。它们还要经得住整个生长期干旱的考验，特别是春季。因而适宜它生的地方不是很多，数量也不是很多。很少能看见大片大片的百合植株集中生长在一块草原上。故，尤显珍贵。不同于其他地域的生长环境，生长出的百合花也不同。这儿生长的野百合，茎秆不是很粗很高，茎秆上的叶子很窄很扁，像砸扁了的针。两两对生，斜着向上方伸展。上面的一对针叶与下面的一对针叶间隔着且错开九十度，一直到顶部。顶端的花朵很娇小。六片花瓣向背后倒卷着，有些像红绸布包裹着的灯笼里面起支撑作用的棱骨。先盛开的一朵旁边总是伴随着一至三朵四朵的蓓蕾，渐次开放，渐次凋落结籽。每株百合的花期可达一个月甚至更长。你好！杜尔伯特草原上的细叶百合。延展想象，它还有一个最美好的寓意——百年好合。

鸢尾花长在松嫩平原上，有点儿像蓝羽的小鸟降落枝头上。此花是有些酷似鸟尾。有人说它叫"鸢尾草"，但是，有一次在电视节目里，说它是"北方兰花"，这合了我的意，我执拗地愿意叫它"鸢尾兰"。在杜尔伯特的一些地块儿，我又见到了这种花，这不由得让我感到安慰。有的地块儿仅长有几株，有的地块儿则生长得很多很密集。在杜尔伯特县与林甸县交界的一处地方，还有杜尔伯特的南部，都见到了集中连片长着的较大的地块儿，十分可喜。"鸢"被解读为老鹰，不过此花外形与对她的称谓正相反，并不像老鹰那么彪悍；倒反衬出她的娇艳姣好和美丽！知道了它的名字，再查阅书籍，查到了以它的名字命名为整个一科的植物，如：蝴蝶花、扁蒲扇、马兰。而它位列该科之首。是鸢尾科鸢尾草。几乎这一个科属的植物都可入药。有人说不出鸢尾花的名字，而将它说成是马蔺（马莲、马兰）。二者同属鸢尾科，但外形整体上差别很大。

桔梗科桔梗，这种药用植物也是 20 世纪 60 年代初，我在大庆"红色草原"上认知，并和邻家的小伙伴们一同挖掘过。

桔梗花很大，蓝蓝的，未开放时，像个小铃铛垂首在茎秆顶端。开放时，花朵像个小喇叭。桔梗花朵大，易被认知；药用需求量大，通肺经，止咳。它另外最大的用处就是制作高丽（朝鲜）咸菜。因而被采挖，在杜尔伯特草原已不多见。

百灵鸟，草原上幸福的歌唱者。杜尔伯特草原上有一种叫声悠扬悦耳且给你印象深刻的鸟。它黎明即起，一边歌唱一边飞翔。当地乃至整个松嫩平原都叫它们为"呐喇儿"。不知道，谁赐给了它们这个名字。也不清楚它们是百灵鸟中的小沙百灵还是角百灵。这种鸟的幼雏也曾有人捡来饲养。很难养得长久。养大以后，也难以听到其在野外环境中自由飞翔时发出的悦耳叫声。更不会出现市售笼养那种"大百灵"的鸣叫，它们并不是同一种百灵鸟。"呐喇儿"在天空中依靠双翅扇动而停留不下掉，一边高频率扇翅一边高歌。一旦它在空中的歌唱戛然而止，即俯冲下来落在离窝儿不远的草丛中；再步行着，不易被察觉地走到巢里。窝儿是圆圆的，非常规整。直径十来厘米，卧进土里五六厘米深。用细细的小干草枝茝成，编织得很致密，与泥土隔绝。窝底儿躺卧着 2~4 枚灰色的卵。没有鹌鹑卵大。孵卵的大鸟儿一听到人、畜的响动，就会"秃噜"一声飞起。近些年，为了恢复草原生态，保护草场，牛羊都已舍饲圈养，你已经看不到"风吹草低见牛羊"的景象。可你能看到青青草原，恢复了往日的开阔、辽远、深邃、静谧、碧绿、敞亮。

杜尔伯特境内，除有大片的草原，数不清的湖泊，还有多处大面积儿的人工林及随处可见的农田防风林、路边行道林。境内原有树种单一，主要是野生榆树。既土著又原生，属于"小老树"，长不高也长不大。枝枝杈杈，勾勾巴巴，表皮巴巴赖赖，形不成树冠，构不成荫，也形不成林，天然生长。人工林的建立，主要是为了防风固沙，其二是为了木材生产。由县属的两大国有林场和各乡镇及村屯出工出资育成。经过建国后五六十年的抚育，如今成了"气候"，并在影响当地的气候。夏日炎炎，当你走进这些人工林，只觉得树高林茂，郁郁苍苍，分外清凉湿润。

一场春雨过后，一些林地里率先长出可食用的野生蘑菇。过了伏天进入秋凉时节，连绵的雨天，更是催生了多种类且大数量的野山菌。令人不解却又欣慰的是，当初植树时，并未间种野山菌。在这儿见到的大黄蘑与产在大、小兴安岭野生杨树下的大黄蘑竟然没什么两样。还有为人所称道的"土豆蘑"（牛肝菌）。人们采集并食用林下的各种野山菌，吃不了的就拿到集市上卖或晾干。

要说郁郁苍苍的人工林，不能不提到这里的樟子松林。一块占地五万四千亩，被辟建和命名为"松林公园"的樟子松园林，就位于杜尔伯特县的中部。能在这里干硬的碱性砂地上，种植成功樟子松真的很不容易。能够不前往原产地就能观赏到樟子松林，确实会感到很稀罕，很满足。各个树种都会释放出各自的气味，樟子松林里有着不同于杨树林的气味。樟子松分泌出的"松树油子"（松香）有黏附灰尘的作用。有人去了松林公园后说："没有啥"。松林公园的主要植物就是松树，故主题叫松林公园。且樟子松（又名"海拉尔松""蒙古赤松""西伯利亚松""黑河赤松"）也不是本地的土生树种，经过人工试种成了规模，防风固沙兼顾游览观赏。我们不应再额外地苛求它贡献什么。它改变了单一种植杨树的模式，丰富了这里的林木资源，丰富了人们的视觉，丰富了人们的生活。它细针形的叶片，蒸发量很小，与其他各树种一同改变着空气质量，改善着生态环境。樟子松逐年长高，粗壮，成荫。林下长出了几种野山菌。其中的"松树伞"（松伞蘑）炖鸡堪比榛蘑。

杜尔伯特美在沙山

久居平原的人们，偶尔也会向往高山。杜尔伯特境内的一些沙丘、沙岗、沙山，或许会部分地满足这些想看高山的人们的需求。江河日下，泥沙跟行。流水，经年累月的裹挟、推动，使上游高山（大、小兴安岭）上风化了的泥沙逐渐地被搬运到了下游。淤积在河床里或涤荡在岸边。冰冻期或枯水期，季风有意无意地接续着将这些远道而来的，滞留在河床、河边上的小沙粒，一粒一粒地搬运到稍远一点，再远一点，及至更远的地方。经年累月的搬动，年复一年的运送，杜尔伯特县境内渐渐地垒起了沙滩、沙丘、沙垅、沙坝、沙岗、沙山。有些流沙形成的凸起还被称为"沙坨子"。这些流沙凸起之间的低处，就形成了低凹沟谷，于是，就有了起伏。由于水、沙、风的共同作用，杜尔伯特县境内地理地貌与同处松嫩平原的邻近市县的地理地貌有很大的不同。不同就是差异，差异就是特点、特色。差异和特点有时会构成资源的要素、要件呢，会演绎演化到经济社会层面。沙土地种植着"四粒红"花生、红皮黄瓤地瓜（甘薯）、胡萝卜……一些旅游点也都依（沙）山傍水而建。冬季的风向多为西北刮向东南，故嫩江流动方向左岸的杜尔伯特境内多有砂性凸起。境内诸多的砂性凸起也大多发生在湖泡的东南岸。这些细沙构成的各型凸起上渐渐地有了野草、野花、野树，以及人工林。史前人类遗迹和诸多历史遗迹大多发端于这些砂性凸起上。有些山形很奇特。面江（嫩江）的方向陡立，然后渐渐变缓，缓到最后直连平地。最著名的沙山当属"多克多尔山"，是蒙语"多克尔何日米彦"的音译简称，意为"蒙古红鲌"。它横亘在嫩江东岸，形状像翘头翘尾的巨鱼，挡住洪水，保护着人们的家园。当地人称多克多尔为神山。这也是流传在杜尔伯特县蒙古族同胞间的一个神话故事。林（林甸）肇（肇源）公路自北向南纵向从杜尔伯特县境内穿过。你在车里，车行路上。一会儿平坦，一会儿起伏。一会儿上山，一会儿下坡。犹如行驶在山间丘陵。路边的草原、农田、树林，还有反射着阳光而耀眼的大小湖泊倏忽从眼前掠过，美不胜收。

杜尔伯特美在文化

在杜尔伯特，流传着许多个蒙、汉民族民间故事。蒙古族的有《踢"乌兰"的传说》《"冶铁祭祖"的传说》《奥兰其其格的传说》《马头琴的来历》《聪明的乌云珊丹》《诺恩吉娅》《哈森高娃与楚伦巴特尔》《萨日朗花的传说》……汉族的有《龙坑的传说》《刘长腿学艺》《包公智断第一案》《王树成》《患难夫妻靠得住》《华大胆降妖》《翠花姑娘》《药王》……此外，这里的蒙古族同胞之间还流传着八十几首优秀的民歌。如《满都拉少爷》《阿拉格沙嘎吉盖》《别别昂嘎》《色令布隋灵》《森德尔姑娘》《哈斯巴特尔》《阿拉坦其其格》《达雅波尔》《张玉玺》……乌力格尔（汉译为"说书"）这一文艺表演形式仍在这里的蒙古族同胞中传承，有些与汉族的"说评书"形似，但乌力格尔有乐器（四胡）伴奏，自拉自唱。另外，还有一种三五人不等的群体说唱形式——"好来宝"，也是四胡伴奏，自拉自唱。没有到过杜尔伯特或其他蒙古族生活区域的人，总是感觉蒙古族同胞的生产方式及日常生活是个谜，蒙古包里更珍藏着秘密。其实，蒙汉杂居互相影响着彼此的生产及生活方式。杜尔伯特蒙古族同胞或先于其他地区，更早地选择了定居。但诸多的旅游景点，大小不一的蒙古包，向来访者和游人展示着昔日游牧民族的生活方式和历史遗存。你在这里可以欣赏长调歌曲及安代舞等众多蒙古族歌舞，品尝手扒肉、蒙古馅饼、荞面肠。每年夏末秋初举办的草原文化节，集书画、摄影、舞蹈等各种艺术活动于一炉，火热并升华了这里的群众性艺术氛围。三年一次的那达幕大会涵盖了赛马，摔跤，射箭等传统竞技体育项目。敖包祭，多克多尔山祭，举行这些祭祀活动时，像过节一样，蒙古族同胞都要穿着蒙古袍。主持人要在祭祀仪式上宣读祭词。每一篇祭词都是绝佳的词、赋。长调歌曲及诸多蒙古族民歌只会产生于草原，产生于骏马的驰骋和嘶鸣声中，产生于兄弟的蒙古族同胞豪爽、浪漫、坚韧的情怀之中。她会继续被传承下去，在草原上空飘荡。

农家一日游

穆俊峰

去年的 7 月中旬，县里的一个朋友开车到我家，说要去巴彦查干乡大庙村的朋友家做客，非要拉上我。盛情难却，只好稀里糊涂地上了车。到了巴彦查干乡所在地王府村，村中有条向南的水泥乡间路，一直向南走，两侧便是连片的茂密庄稼，越往前走，旱田渐少，而稻田渐多。一望无际的稻田，郁郁葱葱，微风吹过掀起层层波浪，犹如绿色的海洋，据说有上万亩。巴彦查干乡的大米是出了名的绿色有机大米。打开车窗，微风扑面，一阵阵清香的花粉气息沁入心肺，让人心旷神怡，令人陶醉。我问朋友这是什么花的味道，朋友告诉我，这是稻花的芳香。

我探出头来，仰望蓝天白云，色彩分明；极目远眺，绿色青纱，犹如少女的衣裙，缥缥起舞。满眼的绿色，一路的芬芳。田亩间有几个农民在喷洒农药，这一切仿佛如一幅壮美的山水画，而农民就在这画中，这画是如此的恬静、悠闲、旷达。我真的暗自庆幸这趟没有白来。车速不快，只有 40 多迈，也许朋友和我一样，也在欣赏这一路迷人风光，才故意开得很慢吧。从王府村出来，大约走了十几分钟，向左拐上一条红砖路，路的前方就是大庙村。村的南面一片广阔的水域，朋友告诉我这是全县著名的喇嘛寺泡，是产鱼的胜地。这里的鱼虾味道鲜美，独具特色，远近闻名，大庙村是真正的鱼米之乡。由于主人打电话催促，未能下车一睹喇嘛寺泡的水秀山青，沙鸥翔集的美妙景色，回来后一直懊悔不已。

车子在小村中东拐西转，来到一户大门前，大门是黑色油漆的大铁门，门上有金黄色的金龙戏珠图案。车顺着敞开的大门径直而入，主人热情地从屋里迎了出来，我的朋友给我们做介绍，握双方手寒暄。我环视整个院落，这是一座四间的砖瓦房，黑红色的琉璃瓦，白地粉红花纹的墙面砖，三个大窗，是由整张玻璃砖制成的落地窗，真够气派。两扇黑色不锈钢的屋门，更显端庄。小院是红砖围墙，院的地面由红砖铺成，西侧有一个小菜园，茄子、辣椒、西红柿等等，看来品种齐全。走进门口，我们都不约而同地跺脚，清除鞋上的尘土，主人拿出几双拖鞋给我们换上。

一进客厅，叫我很是吃惊，若大客厅足有 60 多平方米，如同一个小型的会议室，一张床式的拐角沙发，上面白色的针织纱罩，沙发前古色古香的茶几上摆着十分考究的茶具，墙角一台落地空调吹来徐徐的凉风，墙上的液晶电视足有 50 多英寸，落地的粉红色窗帘，雍容华贵。白地兰花的天花板下吊着一盏硕大的吊灯，雪白的墙壁，一尘不染。整个室内的布置简捷明快，大方典雅，叫人不敢相信这是农家的宅邸。

我出于好奇，非要参观参观，在主人的带领下，先到客厅东间的卧室，室内有一张大大的席梦思床，床头柜上摆着几摞书，主人说这是儿子的卧室，儿子现在正在读高三，明年高考。从客厅的北门往里走，是后接出的厨房，是同样的天花板，同样的地板砖，我只认识"欧派"牌的抽油烟机，炉具的品牌叫不出名，猜想一定很贵。上下橱柜洁净光亮，我猜女主人一定是一位干净勤劳的人。果不其然，女主人穿着短袖的连衣裙，落落大方，长相虽不妩媚，但确端庄贤雅，体态丰腴，热情地为我们介绍家里的情况。再仔细打量男主人，身体魁梧，黝黑的脸庞透着刚毅。说是刚刚从地里回来不长时间，脱去劳动服换上 T 恤衫、西裤，显得文质彬彬，根本不像农民。

我继续我的参观，厨房也作餐厅使用，西面有个锅台，打开西卧室，里面是一盘火炕，这是农村的装备。厨房的东侧有两个门，北门是卫生间，一个大浴缸，有淋浴的喷头，主人告诉我是太阳能热水器。洗脸盆、抽水马桶一应俱全，与城里楼房设施毫无两样。南门是锅炉房，打开门，有一台立式的节能锅炉，主人说冬天就靠它取暖，一冬 2 吨煤就够了，室内温度在 25～26 摄氏度，很暖和。我问房子的总面积是多少，他告诉我有 150 多平方米。

　　我这一路参观，就如同刘姥姥进了大观园！哈哈哈，眼睛都不够用了。我虽然居住在农村，但城里、农村的住房也见得很多，如此大的客厅，我还是第一次见到，虽然不是富丽堂皇，但也简洁清新，叫人耳目一新。置身于这样的居室里，真忘了这是农家的住宅，总以为是乡间的别墅。

　　从厨房的北门出来，北面是一片小园田，种着黏玉米间作豆角，东边有个开着门的车库，里面有一台我叫不出名的轿车。我站在院的高处四面远眺，整个小村落错落有致，红墙红瓦，绿树婆娑，"阡陌交通，鸡犬相闻，"真如陶渊明笔下的桃花源。哦，这是农村！这里将城里的家居生活与农村的田园生活有机地结合，构成一幅炫丽的图画，而绘制这图画的艺术家就是农民。

　　主人热情好客，早就准备好了酒菜，一定让我们到客厅就餐，在我们一再的谦让下最后才在餐厅就餐。农家菜很丰盛，小鸡炖"花脸蘑"甚是名贵。因为"花脸蘑"这个菌种已不多见，它的味道只有上了年纪的人才知道，如今常见的各种香菇都无法与之媲美。喇嘛寺泡的大鱼必不可少，此外还有许多菜，特别是鲜嫩的醮酱菜更是吸引眼球，主人说这是自家园子里种的，绝对绿色环保，有益健康，说完哈哈大笑。品尝农家的饭菜，感觉是质朴自然、味道香鲜可口，没有大饭店的华而不实。

　　我们边喝边聊，忍不住问起从事何种职业、年收入多少。

主人听罢哈哈大笑，说他就是一个农民，种 200 多亩地，其中有 100 多亩水稻，有二十几头牛，150 多只羊，今天有点事没来得及杀羊，下次来吧，给你们杀羊。主人豪爽，笑声朗朗，我问的年收入却避而不答。只是说他是极普通的一个，比他富裕的人很多，后来他说喇嘛寺泡也有他的股份，我私下里猜测，至少年收入在 20 万元以上，比我这个工薪一族高出的太多了。以前听说："不到广州不知钱有多少，不到北京不知官有多小"，我这没有到广州就知道钱有多少了。

饭后主人又带我们到他的西院参观，一大圈的牛羊，上面苫着黑色的遮阳布，有两条大黄狗不停地向我们示威。在这里我感到农民的富足、满足、自足。我想居住在农村也是一种浪漫、一种闲适、一种安逸、一种幸福。我想到了陶渊明的《归去来辞》："归去来兮，消息交以绝游，世与我而相遗，复驾言兮焉求，悦亲戚之情话，乐琴书以消忧……"在这样的情形中又联想起他的另一首诗《饮酒》："结卢在人境，而无车马喧……采菊东篱下，悠然见南山。"写得多么畅快淋漓，与此景多么的吻合。

啊，这就是农民的生活，过得如此的滋润，生活得如此惬意，叫我羡慕不已，赞叹不已。

告别了主人，我与朋友驱车返回。一路的村庄都是这样的鲜亮，我们不能去每户拜访，只能从外观上感知他们的幸福。

喝了酒，十分兴奋，不停地与朋友说自己的感受。是啊，今天到农家一游，岂不与当年孟浩然诗《过故人庄》的情景相似吗？"故人具鸡黍，邀我至田家……开轩面园圃，把酒话桑麻"。只是我比孟浩然的联想更多、感慨更多……是改革开放为我们这个民族注入了新的活力，带来了希望，带来了生机，也为我的家乡带来繁荣和富裕，人们安居乐业，勤劳善良。我能不赞美我的家乡，为我的家乡喝彩吗？

　　我是 1977 年恢复高考考出去的中师生，30 年前的村屯景象依然印在我的脑海中，那时低矮的泥土房，房盖是黑色的，墙是黑色的，人们的衣着是灰黑的，人们疲倦的面容也是带着愁云的黑色。而现在房盖是彩色的，墙是彩色的，人们的衣着更是色彩斑斓，人们红润的脸庞充满了幸福和自信。我不懂得绘画，听说过冷色调与暖色调，我想那时的一切都是冷色调，而如今都是暖色调。我是改革开放的亲历者，见证者，也是受益者。我多想再能见证下一个 30 年的巨大变迁！

儿时的北山

佟俊生

在祖国北方，广袤的土地上，有片一望无垠的杜尔伯特大草原。草原西部腰心乡有个长满树丛的小山，那是我儿时的故乡，也是我情牵梦绕的地方。1951 年我出生在腰新乡后新屯（原蒙古语名为努图克因艾勒），1965 年到杜尔伯特蒙古族自治县第二中学读书，以后就离开我可爱的故乡后新屯。记得读小学的六年里，经常跟着爸爸妈妈到山里采山果、挖药材，还有时在老师带领下，到北山野游。北山是一座秀丽、富饶、生态俊美的山。北山的位置在后新屯的背面，离屯只有一点五千米，山的北面，就是石人沟粮库和渔场。北山西至嫩江的泄洪区，称为北下坎儿，每年夏季汛期，嫩江的水就会流到这里。东至杜尔伯特塔本努图克家族的墓地，称为金簸箕。北山东西长约五千米，南北约五六百米。通往石人沟的路把北山分为东西两山，西山的西头与嫩江遥遥相望，山头上有一座蒙古族敖包，据老人们讲，过去在敖包下经常召开那达慕大会。东山头的金簸箕更为神奇，此处地形如同簸箕，据老人们讲，来过一名会看风水的先生，路过此地，看到此地跑过金马驹，所以，金簸箕显得更加神秘。

山上的树木非常茂密，树种也很多。大多数的年限都在百年以上，有的甚至达到几百年。树的密度在洼处的长势达到人根本钻不进去。最密的地方，如果兔子跑进去，狗只能围着林子转，急得直叫，就是进不去。六一儿童节，在老师的带领下，同学们野游进山后，也就在百平方米范围内游玩，人与人之间，超过几米，就谁也看不到谁，所以，一般都不敢往里走，否则就会迷失方向。那时感觉这个林子特别大，阴森森的。里面的动物也很多，有狼、狐狸、貉子、獾子、野兔和松鼠等，飞禽有野鸡、鹌鹑、布谷鸟等，小鸟就更多了，野兽鸟类，灵动多姿，千奇百态。

春夏季节的清晨，北山上空烟雾缭绕，覆盖着山体，阳光根本照射不透，上山登顶的人们，有种无限风光在险峰的感觉，更加神奇和美妙。上午九时左右，烟雾散去，山坡上野花五颜六色，争奇斗艳，真是山花烂漫，大饱眼福，好看极了。野鸡更是好玩了，因为石人沟有粮库，各村去往送粮的路上，撒落了很多粱粒，野鸡就在路边啄食，根本不怕人，它的颜色是那么靓丽好看。也有喜鹊和乌鸦掺杂在里面，就像一个飞禽的动物园。

我和爸爸到北山的深处挖药材时，曾看到过可怕的狼洞。洞口直径能有 80 厘米左右，洞口处都是狼的足迹、粪便和吃剩的食物残骸，看了后毛骨悚然。后新屯的家畜经常遭到狼的袭击，但伤人的事一次也没有。

北山的树主要有：榆树、桑树、山里红树、山丁子树，它们的果实都非常好吃。榆树的果实叫榆树钱儿，成熟得较早，在六月份基本成熟，可做馅子，在做面粥时，可当青菜使用，味道鲜美。树干高达 10 米左右，最粗的树干直径可达 60 ~70 厘米，它的比例约占整个树种的 10%。桑树的果实叫桑粒（桑葚），果实未成熟时是绿色的，再由绿色变成粉红色，成熟后变成了紫黑色，有大拇指甲大小，味道甘甜，吃饱了对人体也没有副作用。到九月份全部脱落，树干高达约 4 米，最粗的树干直径达 30 多公分，它的比例约占整个树种的 25%。山里红树的果实叫山里红，由绿变红，在八月份成熟，几个颗粒是一撮，像小红灯笼挂在树上，比大拇指甲大，味道酸甜，树干高达 4 ~5 米，树干直径约 20 厘米。山丁子树的果实叫山丁子。成熟季节与山里红一样，形状相似，成熟后是粉红色的，有小拇指甲大小，味道以酸为主，略有甜味。树干的高和直径基本与山里红树相似。它们俩的果实还有一个共同点，如果到了冬季，果实不脱落，在枝头上显得更为突出美丽，高枝可见，更是好吃，味道美极了。这两种树的比例各约占整个树种的 20%。还有藤类的山葡萄，果实小黑粒，长在大树的根部，缠绕在树干上，成熟期在七八月份，吃多了头晕。矮科的有杏树，果实是绿色的，五六月份成熟。诺勒树，果实是红红的，果肉甘甜爽口。

北山的药材也很丰富，有防风、柴胡、知母、远志、黄芩、山玉米等。屯供销社负责收购，也是后新人们经济来源之一。桑粒的籽贵，供销社也收购，每斤达十几元钱，取籽的程序复杂，难度很大，所以价格较贵。

在北山的高处还矗立着一座木塔，塔身高达约八米，底座直径达八米左右，据老人讲是航空用的航标，站在塔上整个北山的全景尽收眼底。

北山是后新屯人的天然后花园，又是天然的药材宝库，北山的生态环境是如此的美好，绿水青山的北山，是人人向往的北山，必将成为后新屯人的金山银山。

流 年 篇

Liunianpian

蒿 城 览 胜

孙秉正

　　久居此地的老人们常说："小蒿子不小，大蒿子不大。"这里"小蒿子"即指黑龙江省唯一的少数民族自治县——杜尔伯特蒙古族自治县县城所在地泰康镇的俗名。"大蒿子"临近"小蒿子"，是位于丹顶鹤的故乡——扎龙自然保护区的县属烟筒屯镇。顾名思义，蒿城以盛产蒿类植物而得名，每逢端午，人们或步行或乘车到乡间原野采集艾蒿，回家后与彩色的葫芦一并挂到门窗上，以避病邪。药典《本草从新》上记载"艾叶苦心生温，熟热纯阳之性，能回垂绝之元阳，通十二经，走三阴，以之炙火，能透诸经而除百病"。杜尔伯特县以草、鱼、苇、药堪称全省之最，是个物华天宝，水肥草美，风光秀丽，人杰地灵的好地方。而蒿城泰康更是一座处处繁花似锦，日新月异，飞速变化着的现代小城镇。

　　朋友，当你乘动车从哈尔滨一小时即到大庆，一过大庆，十几分钟后，那高耸古朴的县门就映入眼帘。它像个蒙古大汉，张开宽阔的臂膀，正随时迎接着远道而来的宾客。全国著名的伊利乳业集团、伊品玉米生物科技等一批骨干企业组成的德力戈尔工业园区就坐落在嵩城让杜路西侧。滨洲铁路穿城而过，将县城切为东西两块，达尔罕立交桥又重新把两块串联起来。县城里一幢幢、成栋连片的楼群组成的综合小区鳞次栉比。让杜路、府前路、文化路等一条条公路纵横交错。近年新建的大型商场庆客隆和新粤城门当互对，早年建的商贸城隔街相望，东南西北四个城区商业网点林林总总。一批批新楼房建设得越来越科学，越来越讲究。它们有的立于天湖左岸，有的是十几层的高楼，它们有的全天供应热水，楼板整体浇筑，有的在楼板下埋设排水设施，有的采用复合体扩桩基础，半框架结构，加之楼表装修风格各异，这些集办公、商服、住宅为一体的综合楼，很适应小城镇的需求。五天一层楼，三个月一栋楼，建设速度之快，质量之好，也不逊色于大城市。一位老者在乔迁之日感慨地说："老了，老了，越住越高了，麟趾春深步玉堂了！"县委、县政府办公楼前广场上国旗高高飘扬，象征民族自治县的蒙古包建到四楼顶上，蕴含杜尔伯特精神的"团结拼搏，自强苦干，奋发有为，争先创新，与时俱进"二十个大字熠熠生辉。尽管新修的南环路已经扩展到双向八车道，但东西向的府前路、文化路仍旧车水马龙。一中门前的学府公园绿草如茵，"鸡冠"斗奇，"牵牛"争艳。路边绿树迎风摇曳，顺着那笔直的树趟，一眼望去是那不尽的绿色浓阴，爱养鸟的人们特意地把鸟笼端挂在树枝上。朋友，当你漫步走到泰康"怡馨园",听到小鸟那欢快的啼鸣,看着那浓郁的树带,古诗中"晴波淡淡树冥冥,乱掷金梭万缕青"不就是眼前的此情此景吗?

县城中心的星级宾馆——天湖宾馆,楼体洁白如银,楼顶琉璃金瓦,汉白玉围栏环绕四周。对面的草原广场上,热爱健康的人们欢快地跳起健身集体舞、扭着大秧歌。一支百人队伍,身着银白色宽松古典式太极服,手执粉红色的太极扇,规范统一,协调一致的动作步调,就像朵朵莲花一起绽放,而指挥这支队伍的领队就像古代禁军教头,一丝不苟,严肃认真。他们舞一阵太极扇,又打一阵太极拳,尽情地陶醉在太极神功之中,真可谓"极视听之欲,信可乐也!"

县城西侧由于较镇中心低洼,又是乌裕尔河和双阳河无尾状散流而形成的天然湖泊,故名天湖。天湖并非丽质天成,经过县里人工清淤、补水、精心设计施工修建而成之为公园。公园西南角是全省小有名气的门球园,每天有几百人在园内打球。北侧是新建的集医疗、养生于一体的中医院。

夏季湖水碧波荡漾,绰约多姿,鱼郎白鹭成群,水草芦苇丛生……为了保证环湖游人安全,县里又拓宽了路面,加装了围栏,围栏像白色的缎带缠绕在天湖仙子的腰间。

杜尔伯特第一眼温泉井就成功地打在湖岸边,风格别致的阳光温泉大酒店吸引着八方来客。天湖岸边曾耸立着未修前立的公园设计图样。此处,原始设计为弓箭广场,依地势从高到低构思而设计，环湖围堤成弓状，中间栈桥由岸直深入水中成箭状，其余多为树林草丛。当时见了此图，不信几年能建成如图所示那样的景致。而今真的修成之后，景致又远胜于弓箭广场而成为天湖公园。公园除上述设计景点之外又增设了以音乐喷泉为中心，蒙汗乌雕马雕塑为核心的新颖别致的景区。景区上方矗立着影视大屏幕，每当夜幕降临，公园内外华灯初放，人流如潮，喷泉随着节奏明快的乐曲忽快忽慢，忽高忽低，水光灯光交织在一起。人们一边聆听美妙动听的旋律，一边观赏泉水的婀娜多姿，心旷神怡，美不胜收。不由得使人想起古代日本友人游杭州西湖的一首诗"昔年曾见此湖图，不信人间有此湖，今日打从湖边过，画工还着欠工夫"的绝妙佳句。

每年正月十五，天湖公园都要办起灯展。每当此时，湖边灯火辉煌，万人攒动，各色彩灯高悬于天湖公园临岸一侧。此时，明月当空照，灯火千家市。记得有一年还搞起了灯谜，什么"吕布戏貂蝉""关公战秦琼""刘备闻之喜，刘邦闻之悲"，各类灯谜叫人揣摩不定，一些隐语灯谜捉弄着那些充满求知欲的天真可爱的孩子们。灯是千姿百态，令游人目不暇接，除了一些龙、凤、鸟、鱼等传统的花灯和宫灯应有尽有，近年又新增了"科技兴农""火箭飞天""绿水青山就是金山银山，冰天雪地也是金山银山"等高科技转灯。

嵩城西侧的草原赛马场，每到赛马时节，枪声响起，身着民族服装的蒙古汉子（女汉子）骑着赛马飞奔，观者注目扬威。正在新建的商贸客运中心，位于赛马场对过，用不了一两年这里将成为"城中城，镇中镇，并将集客运、旅游、服务于乡镇的中心"。蒿城东新建成的火车站、新通的动车组快速连接哈大齐三座城市，地处东北边陲蒿城小镇的人们，可以快速便捷地去往全国各地。

蒿城变化着，"小蒿子"不小，由小到大，这变化还要继续下去，而且越变越富、越变越美、越变越好！

杜尔伯特的路与车

傅鸿翔

县交通运输局要编辑一部"从古驿站到大道通衢"的志书，我有幸做了该书责任主编。大量的史料查找和走访调查，感慨颇多。车走在路上，先有车还是先有路，我记得鲁迅说过："地上本来没有路，走的人多了也变成了路。"自然为了走得方便还要修好点的路，为了方便出行还要造出车来。我也一直在问自己，也想力求在编写这部志书时用翔实的事例来予以证实。我不是土生土长的杜尔伯特人，这里应该说是我的第二故乡。时光荏苒，岁月如梭，一晃我在杜尔伯特已经度过了38个春秋。亲眼看见，亲身经历了杜尔伯特路与车的根本变化。

坐三套胶轮马车去报到

我是揣着师范学校的派遣证，扛着行李，带着脸盆，拎着装了20多本书的书箱子，乘坐火车来到泰康站报到的。我很庆幸，我要工作的地方还通火车。这跟我那些分配到林区、牧区、边远山区的同学相比，我应该算是幸运的。8月，正是雨季，我出发时就有小雨不紧不慢地下着，到泰康站下车，走出车站，小雨还在下。看了一下派遣证，上面写着"连环湖水产养殖场职工子弟学校"。找人问吧，一打听才知道，我要去的地方离县城还有50里路，而且不通客车。扛着行李拎着书箱要走50里路吗？那一点庆幸的感觉一扫而空。要进县城就得穿过铁路，有三四道双排的铁轨，下车的人都左顾右盼看有没有火车开进来，发现没有进站的火车，大家便鱼贯穿过一道一道的铁轨，进入人们称为东市场的地方。再往前走就是一家百货商店，这里是商业聚集的地方。找人问路很方便。找个岁数大的老者打听去连环湖的路怎么走吧，光挨雨淋也不是个办法。一打听，说50里路，没有顺路的车，不过场子有个办事处，可以到办事处。按指引的方向一直往前走，来到现在的林业局后身，天湖广场对着林业局方向，有个水泥的大门桩子，一大溜土平房，说是连环湖渔场的驻县城办事处。扛着行李走进来，一溜大炕靠边躺着一位老大爷，看到我扛着行李进来，大爷从炕上起身跟我搭话："是新分来的老师吧，先把行李放这吧。"说着，大爷帮我从肩上卸下行李，放在炕上。别说，远道没轻载，走了二三里路，两个肩膀还真有点酸酸的。大爷姓汪，很和蔼，也乐于唠嗑。他说你来报到想赶到场子是没有车了，连续几天下雨，马车走不了了，现在就有给学生拉书的车，等天晴了，就能走了。还说，办事处能吃能住。一晃我在办事处住了三宿。第四天天放晴了，吃完早饭，学校后勤郭主任就催着德国君快点套车去书店装书。拉书的车是胶轮三套大马车，一匹辕马，前边两匹马，我和郭主任每人牵了一匹，德国君牵辕马，套到驾辕位置，我们前边的两匹也套好了夹板，系好了肚带。闲着没事我也跟着去书店装书。装好书，已是中午，天也彻底晴了，郭主任说，回办事处吃饭，吃完饭就赶紧走。午饭后，三匹马上套，还有几名场子的家属也赶来和我们一道回连环湖。三匹马的车拉的书显得很轻松，德国君鞭头很准，哪匹马偷懒，他一打一个准，三匹马都带了串铃，晃晃儿直响，都是土路，连续下雨，车轮带起的稀泥甩得老高。大约走了一个多小时，突然车停了，车老板德国君下车查看，转了一圈，回来跟郭主任说，车误住了，这地方稀泥太深，拉不出去。郭主任问："有啥招呀？"。德国君说，大家都下来，到附近弄点苇子、羊草垫在车轱辘底下，也许就薅出去了。听老板子的吧。我们分头去找苇子和羊草，好在刚打的羊草和旱塘苇子跟前就有，每人抱了一抱回到车前，德国君钻到车下面，把大家抱回来的羊草苇子塞到车轱辘前，尽量往底下塞。然后，他爬出来，告诉大家都离远点。只见德国君跳上大车，两脚站在车辕子上，双手抡起大鞭子，先来个脆响，然后高喊一声"驾"，三匹马一起用力，马车套都绷得紧紧的，只听"啪""驾"连着两声，大马车真的从烂泥坑里拔了出来。走出一段距离后，大家看稀泥少了，这才都上了车。50里的路程，就这样走走、误误、拿草垫垫，到连环湖渔场部已是傍晚 6 点，算来走了将近 5 个小时。

借自行车去买球鞋

连环湖水产养殖场职工子弟学校在 80 年代有在校生 1 500 多人，有教师 57 人，是从小学到高中的全日制学校。教师中年轻人多。当时教室及老师办公室也都是土平房。尽管条件艰苦，由于恢复高考没几年，家长对子女教育都非常重视，学生乐于学，老师乐于教。当时课余时间年轻老师都到操场上打排球，特别是我们这前后两批分来的师范毕业生，更是操场上的活跃分子。那时候打球还很少有人能穿上正规的球鞋，大多是自家做的布鞋。没有弹力，活动多了脚就磨起水泡。直到有一天和我一起分到学校教数学的柴树山老师从县城回来，买了一双球鞋，才让大家都向往要买一双球鞋专门用于打球的时候穿。我是最乐于在课余时间和老师学生打排球的。就下决心要买一双球鞋。去县城来回 100 里土路，步行就得起早贪黑才能回来。我想到了借台自行车去县城。说借自行车，还真的不容易，跟几位老教师讨教，老教师说："不容易借到，因为自行车、缝纫机、手表、收音机是四大件，一般不乐意外借。"好在有几个年龄相仿的当地老师，有两个家里有自行车。其中一个是刚结婚不久，买的新自行车，另一个家里的自行车已经有几年了。朝谁借呢？新车性能好，但是娇性，都是土路，野生蒺藜多，一旦扎了，不好交代。决定借旧的。为防半路车胎被蒺藜扎，带上打气筒，就是有蒺藜扎了车胎，也能及时打上气，不至于骑不回来。那时候自行车里外胎需要近 20 元，那是半个多月的工资。所以当时才有车胎扎了为防止把里外胎擀坏，人们宁可把自行车扛在肩上，也舍不得把车胎擀坏。于是想起了自行车不坏时是人骑车，一旦坏了叫车骑人的说法。有半新不旧自行车的是教俄语的梁德山老师，我跟他说要借自行车去县城买双球鞋的事，他虽没犹豫，但还是说："带上打气筒吧，一旦扎了，也好对付。"借到自行车，我利用一个下午没课的机会，在中午刚放学，没吃饭就骑上自行车来县城了。50 里的土路，借的自行车不敢骑得太快，又怕有蒺藜扎车胎。大约用了两个多小时，终于赶到了县城一百商店。选好了球鞋，已是肚子咕咕叫，前腔塌后腔了。百货商店附近就有国营饭店，要了一斤馒头 5 个，交一斤粮票 0.28 元钱，蘸着免费酱油，倒了两碗白开水，闹了个饭足水饱，骑车返回连环湖。由于来时哪儿坑多、哪儿有蒺藜，都有记忆了，速度也就快了。我着急赶回学校目的就是不要耽误学生的自习课。还好，我赶在了自习课上课之前回到了学校。借来的自行车完璧归赵。梁老师很惊讶，他问我："球鞋买到了？"我拿给他看。他说："不简单，这么远的路，你骑自行车没扎车胎，挺万幸的。"我补充说，这哪是骑自行车的路啊！

　　1985 年秋，县里组织修县城通连环湖的路，要装黑柏油路面。全场上下齐动员修土方路基。当时没有大型机械施工，都是人挑车推修土方。学校初中以上年级也都有修土方任务。我带的毕业班 72 名学生，分到的土方路段是场部以南，现在的进场区南侧的三角区地带，那里地势低洼，需要填大量的土方，我带着学生们动员大家从家里带来手推车，土篮子，向路基上运送土方。连续干了三天，完成了任务，最后一天眼看就要完工了，但当时天也要黑了。我问学生们，还有点任务没完成，是贪黑干完，还是明天再来？大家异口同声，接着干！就这样，我们人挑土篮子，几人合力推车子，贪了个大黑圆满完成了任务。得到了当时修路指挥部的好评。说这些孩子能吃苦，是干大事能创业的坯子。黑油路面从县城经连环湖场部直通白音诺勒乡政府，通车后也有了客车，再骑自行车去县城就不担心蒺藜扎车胎了。

2011 年 10 月旅游专线公路建成通车，是上下单行双车道，从县城到连环湖，开轿车用不了 20 分钟就到。

乘坐轿车去航拍

2017 年 6 月，我因为编写交通志的需要，带着航拍技师下乡，把全县所有公路交叉口，桥涵、标志性路段以及渡口、浮桥都要拍上照片，放在志书里，以显示直观效果。

我们一行 5 人，拍了齐杜路、让泰路、林肇路、庆西路，胡江路、油田路、双烟路，还有大量的通村水泥路。航拍，让我看到了全县道路的发展。98 年在抗洪时，我在宣传部工作，为了及时报道抗洪前线的好做法、好典型，及时反馈抗洪动态，我 7 月 15 日前往江湾乡拉哈大堤。一直到 8 月 11 日，基本上每天都由当时的水利站站长李振军骑着摩托车我坐在后座，上拉哈大堤巡查一遍。20 多千米的路程，颠簸打滑，摩托车摔倒是常有的事。李振军常年骑摩托，门牙摔掉过，嘴唇子卡坏过。为了国堤安全，他也真是没少付出。那时候全县各单位都有抗洪突击队在拉哈大堤上有任务，就是在二坝前面临江的一侧进行土方加高。我和李振军去大堤就是看哪段上的土方够不够高，速度快不快，装土的丝袋子摆放是否整齐。基本是走走停停，从北到南，中午一般就在十里树村或回水堤看护站随便吃点，晚上回到乡政府。当时的大堤临江的一侧通过突击队的上土方摆沙袋子一般比二坝平均都高出一米多。二坝就成了人们行车运土的路。车多人多土方多，本来就不宽的二坝，迎水面加高又占了一块，二坝以前就是勉强通车，加上连续的降雨，坑洼不平又很狭窄，很多向大堤上土的四轮子滑下二坝，经常会遇到一群人在那推车。

　　一晃快 20 年了，我非常想去看看拉哈大堤现在的样子。6 月 4 日，我们航拍组去拍拉哈大堤，按理说一条国堤与交通运输有啥关系呀？其实，现在的拉哈大堤可不仅仅是防御嫩江洪水的建筑物，它还是杜尔伯特县西部沿江主要的交通要道。轿车一直开到拉哈大堤上，前面就是江湾泵站，是抽嫩江水灌溉大堤外的大片稻田。我们拿出航拍设备，在大堤上选好起飞的位置。再仔细看看这大堤，真是很壮观，大坝仅坡顶就修了6米宽的双车道水泥路，路两边还有两米多款的路肩，大坝坡比较平缓，一看就十分坚固，迎水面更是坝坡平缓，延长到很远。大坝向南向北延伸出去，非常平坦。再看提水泵站处在大堤临江面至少有5米高度的下方。大堤抵御洪水可谓固若金汤。大堤上这条路北连拉哈村，中有水泥路接江湾乡政府，向南直通巴彦查干乡的公屯、太和村。是一条沿嫩江江岸南北贯通的通衢大道。轿车在大堤路面上跑80迈、100迈，一点颠簸都没有。

现在，拥有25万人口的杜尔伯特县，全县机动车保有量超过了5万辆，加上农村四轮拖拉机、两轮、三轮、四轮摩托车，全县上路机动车达到了6万多辆，家庭轿车遍布城乡家庭，人们出行方便快捷。骑自行车50里去县城购物早已成为历史。如今杜尔伯特的路已经达到村村通硬化路面，村村通客运车，大马车、手推车这些运输工具也都退出历史舞台。面对连接城乡，四通八达的全县公路网，大街小巷的私家车，杜尔伯特的路与车，一个词"今非昔比"就可以概括。人们开着更好的车，行驶在更美的路上。

辉煌的草原

窦风人

　　杜尔伯特蒙古族自治县是黑龙江省唯一一个少数民族自治县。在党的民族政策光辉照耀下，黑龙江之骄子——嫩江平原上的璀璨明珠——杜尔伯特于公元 1956 年撤旗建县，实行民族自治。从此，以蒙古族为主的草原各族人民勠力同心，披荆斩棘，团结奋进，开启了建设草原、建设家乡的漫漫征程，谱写了一曲曲可歌可泣的草原壮歌。

　　悠悠岁月，殷殷六秩，建县 60 年来，在党的亲切关怀和正确领导下，在各兄弟民族的无私帮助下，经过全县各族人民自力更生、艰苦卓绝的努力和奋斗，各项工作均取得了长足的发展，特别是改革开放以来，各条战线的建设和发展更是驶入了快车道。近十几年来，县委县政府根据本县的实际情况和资源优势先后提出了建设"牧业强县、旅游大县、生态名县"和"打造宜居、宜业、宜游名县"的兴县战略，更是极大地推进了县域各业的发展速度，硕果累累，成就辉煌。来自有关方面的资料充分翔实地佐证了这一点。

——德力格尔工业园区如日中天，已建成为省级工业园区，入驻园区内的中外知名企业共 33 家，投资总额 30 亿元，2015 年实现产值 57.4 亿元，利税 6.6 亿元。

——旅游开发方兴未艾。建成连环湖温泉、阿木塔等国家 AAAA 级景区 4 处和其他景点多处，总投资 20 多亿元，成为首批"国家全域旅游示范区"。近 5 年接待游客 545 万人次，旅游收入实现 22 亿元。

——畜牧养殖业快马加鞭。建设 300 头以上规模的牧场 101 处，可容纳奶牛 6 万头，获评全国奶牛生产强县。2015 年牧业产值 30.9 亿元。农村居民百分之 41.4 的纯收入来自牧业。

——生态建设一抓到底。进入新世纪，县委提出生态建设综合治理，施行风沙兼治，林草水并举，投入 14 万人次，连续 13 年治理"西北风口"，筑起长 89.8 千米，宽 5 至 25 千米的"绿色长城"。投入 3 亿元，造林 57.6 万亩，森林覆盖率提高到百分之 13.8。加强"四林"建设，绿化 272 个村屯，投入 1.2 亿元，治理改良"三化"草场 113 万亩，植被覆盖率达百分之 80 以上。投入近亿元建设补水工程，湿地补水 12.8 亿立方米。

——城乡建设突飞猛进。昔日泥房土路的破旧蒿城现在变成了水泥和柏油马路宽阔、广厦摩天、商贾云集的现代化草原新城。农村住房的砖瓦化率已达到百分之 66.7。城镇集中供热全覆盖。硬化、升级城乡道路500多千米。2007年以来共投资3 045万元建设农村文体广场108处，在全省率先实现行政村文体广场全覆盖。投资2 000万元的县文体广场改造、市民休闲广场工程竣工使用。

——医疗、教育事业再上一层楼。

移址新建人民医院、中医医院，升级改造乡村卫生院所83处，3所医院晋升二甲，荣获全国农村中医药工作先进单位，百姓健康得到有效保证。

近5年来投入5.6亿元，新建维修校舍24万平方米，更新补充教学仪器设备万余台，新建公办幼儿园44所，19所学校晋升为省级标准化学校。

此外，坚持将改善民生放在优先位置，继续加大投入，确保全民"老有所养、学有所教、医有所保、困有所济"。

…………

辉煌六十载，成就炳丹青。新旧毋堪比，今昔天两重。

值此建县60周年华诞之际，各族草原儿女无不欢欣鼓舞，心潮激荡。我们是杜尔伯特草原上曾经的开拓者、创业者和建设者，我们为改变这片古老草原一穷二白的落后面貌无私地奉献了美丽的青春，聪颖的智慧和无穷的力量。如今我们已满头华发，渐进迟暮之年，但我们依然深深地眷恋着自己的家园和这片美丽的草原。

我们要以饱满的政治热情、深情的赤子之心和优美浪漫的笔触尽情豪歌杜尔伯特建县以来在党的光辉照耀下发生的沧桑巨变和各条战线取得的辉煌成就；高度赞美草原各族人民和睦相处，共度时艰，共创伟业的英雄事迹和美满幸福的生活；吟颂杜尔伯特大地的人文历史、秀美山川、名胜古迹、旅游胜地和风土人情；抒发我们热爱祖国、热爱家乡、建设家乡、献身家乡的豪情壮志；引吭高歌家乡欣欣向荣、繁荣昌盛的美好情怀。

我们坚信，美丽富饶的杜尔伯特草原在党的光辉照耀下和勤劳智慧的各族人民的辛勤努力下一定会迎来更加美好的明天。

勤劳纯朴的杜尔伯特各族人民青春永驻！

美丽富饶的杜尔伯特草原永远灿烂辉煌！

草　香

白双波

　　我的童年和少年时代是在乡村度过的。

　　那时我家居住在王府村，每到八九月份家家都要打草以储备一冬的烧柴。每到这时，我也会像模像样地扛着打草用的钐刀，跟着大人去甸子上打草。大人力气大，刀杆放得很长，一抡大片大片的草齐刷刷地倒下。我力气小，就把刀杆往回收，趟子自然开的就窄，刀过草断，一阵阵草的清香立刻沁人心肺，那是我有生以来第一次真正感受到青草会有这般迷人的芳香……

　　从那时起，我对草香有了一种钟爱，对草也有了独有的认识。儿时觉得草是任人践踏、毫无生命可言的东西。自嗅到它的芳香后觉得，它不但有生命，而且有着顽强的生命力，是胜过百花的神奇植物。古往今来，有多少文人墨客为它讴歌，"野火烧不尽，春风吹又生"，寒冬过后，它会用新的生命迎接又一个春天。

　　回想自己走过来的四十余载生命里程，有时静心冥想，是平淡无奇，但草的精神给我人生的支撑，对于顺境和逆境都能坦然面对。"疾风知劲草"，这不但是草的品格，更是我们中国人的品质，不畏残暴，不畏强权，英勇抗争，顽强独立，让我感知到，在猛烈的大风中，只有坚韧的草才不会被吹倒。

这些年来，无论我到过哪里，只要有大片草的地方，都会使劲吸吸鼻子，嗅一嗅那让我亲近、让我兴奋的草香。春天来临，我会去原野踏青，感受那种"草色遥看近却无"的感觉。夏天，置身广袤的草原，我躺在绿绒般的草地上，鼻子里沁入淡淡的草香，望着蓝天下悠悠飘浮的白云，思绪仿佛飘回到记忆的童年。秋天，驾车行驶在乡间的路上，时不时有拉柴草的车路过，那时我会马上摇下车窗，那股熟悉的草香随风飘进我的鼻息，是那样的亲切。冬天，我会在自家的室内养上几盆兰草，虽没有原野草的清香，但它也有着与草同样的品格——顽强。

曾几何时起，一首《小草》歌曲唱遍天涯海角。"没有花香，没有树高，我是一棵无人知道的小草……"，我喜欢这首歌，是缘于我对草的钟爱，崇尚它的品格，它用顽强的生命力、独有的清香，征服大地。

作为一个生活在草原上的人，对草有着更深的亲切感。杜尔伯特大草原自古就呈现着一幅"天苍苍，野茫茫，风吹草低见牛羊"的画面。勤劳善良的25万草原人民以牧促农，草在这里变成了致富的神"药"。在这里人们嗅到的不单单是草自身散发的清香，还有它为人们创造价值的另一种"香"，成为草原人民心中名副其实的香草……

草香在这里炫染着一个绿色的主题。

草的清香，迷醉过我；草的品格，感染过我；草的精神，鼓舞过我。年已知天命的我，带着草香的记忆，愿永远做草原上的一棵小草，在草原上随岁月枯荣，日夜守望着心中的草原，带着独有草香，笑迎八方宾朋。

风车的故事

周 燮

　　当你踏足杜尔伯特这片大地时，首先映入眼帘的是广袤无垠的大草原。仰望蓝天白云，俯视绿草如茵，一望无边，牛羊成群，牧人策马扬鞭，美景如画。行走间，你会呼吸到草原上具有特殊感觉的新鲜空气，深入到草原腹地，抬头远望你会发现今日的杜尔伯特大草原又多了一道靓丽的工业景观，那就是站立在原野上的高大的风力发电机组，一排排，一行行，很是壮观。三角形的风扇叶，旋转着环视着你，它好像也有生命似的，在呼吸着，吸风吐电，似乎在说："我要转动起来，就会给人们带来电力。"

　　云卷云舒，风车飞转，飞来的是当代科技给人类带来的现代文明，转来的是通过发电机组给我们带来毫无污染的绿色能源。我所知道的风能被人类利用是从中学课本的西方风车油画开始的。一所洋房，顶部悬挂着十字交叉的巨大风车扇叶，那是荷兰风车磨坊。据说，荷兰人在 1929 年发明了第一座为人类提供动力的风车，后来，荷兰风车风靡全国。成语"风驰电掣"出自《六韬·龙韬·王翼》，说明中国人早就对风的作用有一定认识。如，神话故事《西游记》中就有许多关于风与火的描述，哪吒脚踏的风火轮，既是交通工具，也是战斗武器。中国的汉代就有风车存在的记载，唐代有皇宫用风车提水解暑的记载，到了明代已开始用风力提水灌溉农田，并出现了用风力来加工农副产品的木质机械。如今，风车不仅是孩童手中的玩具，还是能造福人类的清洁动力源。

巍峨的风电塔迎风而立，闻风而动，无声无息地把风能转化为电能。风电是一种清洁能源，也是可再生的自然能源，越来越受到人类的重视，且蕴藏力巨大，无穷无尽，以"用之不尽"来形容毫不过分。

杜尔伯特人对风的认知极为风趣。"风三风三，一刮三天""一年刮两次，一次刮半年"，这来自恶劣环境的生活感知多么深刻！2007 年，经过多方努力，杜尔伯特县引进瑞好集团开发建设风力发电，并设立风力资源评估中心、风电工程技术研究中心、风电场运营公司、风机制造设备中心。瑞好集团是黑龙江省风电能源的龙头企业，计划 10 年内在杜尔伯特县投资 100 亿元建设 100 万千瓦发电能力的风电场，全部建成后，预计可实现产值 14 亿元。

瑞好集团已经建成龙江、中丹、拉弹泡等多个发电场。龙江风电场位于胡吉吐莫镇、巴彦查干乡和江湾乡交界处，投资 10.9 亿元，装机 169 台，装机容量 10 万千瓦，经过三年多的建设于 2010 年 12 月全部建成并网发电。截至 2014 年 12 月底，累计发电 53 798.17 万度，累计上缴税金 301.57 万元。中丹发电场，位于胡吉吐莫镇与敖林西伯乡交界处，总投资 20 亿元，装机为 132 台，容量为 20 万千瓦，2014 年 4 月全部建成并网发电，截至 2014 年底，累计发电缴税 670 万元。拉弹泡风电场位于泰康镇、一心乡、靠山种畜场交界处共六期，总投资 25 亿元，装机 200 台，装机容量 30 万千瓦，年发电量为 7 亿度。该项目 2013 开始建设，2016 年建成，建成达产后实现产值 3.7 亿元，利税 2.4 亿元。

数百架风力发电机翼旋转起来，风能的利用使杜尔伯特大地上的稻花更香，树木更绿，草原更美，天空更蓝。它将会给"生态名县"这张闪耀着绿色芳香的名片锦上添花。

情 满 草 原

张　枫

　　"我曾把您的容貌遐想，还是惊叹您这般漂亮，撩开您那神秘的面纱，禁不住我心起伏荡漾……"每当我听到这首赞美故乡的歌，我就会想起我热恋的故乡——杜尔伯特蒙古族自治县。她位于黑龙江省西南部，拥有6 176万平方千米的土地，其中有80万亩草塘，230万亩良田，205万亩水面，469万亩草原，嫩江流经西域，乌双两河贯穿全境。她是一个全省闻名的畜牧基地、鱼米之乡，有"天苍苍，野茫茫，风吹草低见牛羊"的原始生态，25万各族人民在这片神奇的沃土上繁衍生息，过着安居乐业的美好生活。

　　习近平总书记说得好，"要着力推进人与自然和谐共生。生态环境没有替代品，用之不觉，失之难存"。大自然有其自己的独特规律，谁要是违背其规律就要受到惩罚。时钟播回到20世纪90年代，由于忽视了对草原的保护，加之干旱、过度放牧和不合理利用等因素，大自然变了脸，出现了十年九旱无春雨，春秋两季风沙起，茫茫草原草枯竭，泡泽干涸车行驶。

植被破坏成碱地，成群牛羊啃地皮，万顷芦苇秆渴死，水产养殖无商机，一派"凄惨景象"。

面对恶劣的生态挑战和广大农牧民的唉声叹气，在2004年，县委做出了大力推进"生态文明建设"的决定，吹响了建设"生态名县"的号角。通过风沙碱兼治，林草水并举；强力推进以堵"西北风口"为重点的植树造林工程，全面实行草原禁牧，生态补水等。历经十几年艰苦奋战，致使全县有林地122.6万亩，森林覆盖率达到13.2%，呈现出了"护林林成点，护路林成线，农防林成网，固沙林成片"的新亮点。治理沙化，风化，草坊退化103万亩，牧草平均增长30厘米，产草总量增长20万吨，相当于再造一个杜尔伯特草原。从上游引水12.8亿立方米，实现了有偿供水，使草原喝水问题得到了彻底解决。使全县草原恢复了生机，走出了一条广阔的绿色发展之路，开始呈现出欣欣向荣的新景象。

每当盛夏，乘坐汽车从县城出发，沿着林肇公路奔向一百千米以外的他拉哈镇。一路上满眼绿色，公路两侧葱郁的护路林伸向远方，坦荡如砥的大草原，绿色茸茸，黄花、兰花、百合花争先绽放。由近及远的片片树林与天际接壤，清澈的湖水尽收眼底，百灵鸟在空中自由飞翔，清新的空气，如画般的美景，让人心旷神怡，陶醉在绿色生态之中。

县委县政府重视城镇生态整治和美丽乡村建设。为了提高居民生活质量，在县城建起了天湖公园、中心公园、森林公园、草原娱乐广场、西城休闲广场。加大了对乱占、乱停等重点领域的管理，对临街主要楼堂馆所都装饰了彩灯，每到夜晚华灯初放，草原重镇流光溢彩，十分耀眼。深入实施了"蓝天，碧水，静居"工程和环保专项行动，取缔私人小锅炉，使80%城镇居民实现集中供热。在街道两侧栽了两万多株花卉树，数十个居民小区建起了绿化带或庭院公园，绿地面积已达到119.5万平方米，环保空气质量达到国家二级标准，群众出行、休闲、生活需求得到了保障。漫步杜尔伯特县城，宽敞整洁的街道，笔直排列的风景树，高耸林立的楼房，着装时尚的青年男女，给人一种无比欢欣的绿色之美。

在抓县城生态建设的同时，美丽乡村生态建设也取得了丰硕成果，全县被评选出四星级村10个，三星级村28个，累计建设新农村项目1 128个，投入建设资金11.1亿元，完善了乡村巷道、文化广场、排水、泥草房、自来水等基础设施建设，如省级生态文明新村——四家子林场。该场有96户居民，林地2.6万亩，森林覆盖率达到了65%。以打造"花园式"林场为重点，投资1 200万元，先后打通道路8条，形成了"三纵三横"的分布格局。对所有道路进行了绿化、硬化、美化、亮化、实现了无一块裸露地带，无一处灯光死角，建起了灯光花卉广场、休闲娱乐广场、塑胶篮球场地和林中森林公园，安装了健身器材，家家住上了砖瓦房。

十年来，由于全县坚持不懈地进行生态建设，逐步建立起生态经济体系，林果开发起步良好，草业发展前景乐观，水产养殖效益明显，旅游业方兴未艾。全县水域面积205万亩，其中养殖面积占140万亩，水产品产量产值稳步提升，年水产总量达3.3万吨。20多个品种在这片水域繁衍生息，实现了渔业丰收，渔民富裕。旅游产业也有了长足发展。从"一季游"转为"四季游"，旅游旺季专兼职导游员200多名，直接从事旅游业3 000多人，间接拉动再就业15 000人，已连续6年旅游接待人数突破百万人次大关。为此，杜尔伯特蒙古族自治县荣获全国生态环境湿地保护最佳范例奖，国家"三北"防护林体系建设30年突出贡献单位，全国治沙先进县，全国文明县城等光荣称号。今年又顺利通过了国家级生态县技术评估验收。

这就是我的故乡——杜尔伯特蒙古族自治县。光阴似箭，日月如梭，转瞬间，她已经历了60个沧桑岁月。全县各族人民用他们那一双双勤劳智慧的双手，挥洒了多少辛勤的汗水，绘就出一片锦绣河山。大家放眼看吧，此时此刻，年轻人正烈火一团，老年人也壮心不已，每一个故乡人不都在为实现中国梦而辛勤忙碌着吗？

我爱恋着我的故乡，爱她的每一寸土地，爱她的一草一木、蓝天碧水，更深爱着在她这片土地上生活和工作着的勤劳、勇敢、智慧、友爱的故乡人！

登高唱响重阳曲

丁汉东

古之重九，有登高的习俗。"登高者，谓之长久"。昔日，古人盼重九，愿登高；今朝，我们度重阳，筑和谐，保健康。

假如你登高远眺，俯瞰大自然的美景、风光，尽情地吸吮大自然的新鲜空气，定会感受到无比的惬意和舒畅。这种心底的享受，胜似品尝珍馐、美味；食饮甘醇、佳酿。

九九重阳，金秋送爽；风和日丽，稻谷飘香。美丽的杜尔伯特草原呈现出一片繁荣、丰收的景象。

当你踏上泰康镇天桥或立交桥时，幢幢林立的高楼就会映入你的眼帘，看到的是株株棠棣整齐地排列在公路的两旁。公路上来往的车辆川流不息，购物的人群熙熙攘攘……这错落有致的画面令人赞叹，这翻天覆地的变化令人欣喜若狂。小城镇建设今非昔比，环境美化布局合理，处处洋溢着繁华、升平的景象。现在位于城西的天湖公园已经成为人们休闲、娱乐和健身的好地方。

当你登上松林公园观松塔的时候，定会豁然开朗，环视东南西北，看到的是滚滚的松涛、潺潺的流水、丰收的庄稼和肥壮的牛羊。这种感受是多么的愉悦，心情是多么的舒畅。这瑰丽的草原风光，无处不给人以心旷神怡之感。真可谓"把酒临风，喜气洋洋"。

朋友们，登高吧，登高，可以锻炼我们的意志，增进身心健康；登高，可以尽力汲取大自然的营养；登高，可以由衷地展望未来的美好生活。登到高处，让我们张开坚实的双臂，仰望无垠的蓝天，尽情地释放美好的梦想吧……

在杜尔伯特这片辽阔、神奇的土地上，我们用自己勤劳的双手，建设可爱的家乡。干群团结奋进，共创"牧业强县、旅游大县、生态名县"。描绘"三县"的蓝图，同筑家乡发展之梦，是甜蜜的事业，是光荣的使命，是为了造福子孙后代。在不远的将来，一个水草肥美，芦苇荡漾，林木葱茏，风光旖旎，农牧发达，工商繁荣，富足昌盛的杜尔伯特草原，将展现在世人的面前。

稻花香醉他拉哈

李中军

　　亘古不息的嫩江，从远方奔腾而来，在其两岸孕育了灿烂的文明。1685 年，康熙大帝为了北防沙皇俄国，巩固边防，加强边境与京城的联系，建立了他拉哈驿站。自此以后，他拉哈以其重要的地理位置、优美的自然风光、丰富的水草资源成了镶嵌在嫩江左岸的一颗熠熠发光的明珠。

　　大浪淘沙，淘不尽悠悠岁月，史海钩沉，阻不住年轮渐远。如今的他拉哈，稻菽浪涌千重，江流蜿蜒百转。当地农民依托嫩江丰富的水资源，发展水稻产业，兴渔崇蟹。

　　20 世纪 50 年代以来，水稻产业从无到有，已经成了他拉哈的立镇产业之一。全镇 1.6 万多农民，半数以上从事水稻生产，全镇现有水稻种植面积 11.38 万亩。水稻种植合作社 35 个；水稻标准化育秧大棚 2 524 栋；催芽车间 2 处；45 马力以上的大型农机具 423 台；插秧机 970 台；水稻收割机 104 台。

　　思路决定出路。新时代的他拉哈稻农，早已不满足出售原粮，粗放经营。稻农们组建合作社，抱团闯市场。合作社统一提供农资，统一提供优质种子、化肥和农药，统一技术指导。聘请专业技术人员，全程技术指导，由合作社统一管理。既保证了种植过程中的技术指导，又节省了家家雇佣技术员的浪费。白立军、白建军等五名水稻种植大户于2006年注册成立的宏业农机合作社，该合作社主要农作物包括，水稻、大豆、玉米。从2006年至今，规模已经发展到水稻达到3 000亩，有大型农具33套，年预计收入300万元人民币左右。

在五常大米名牌效应的影响下，他拉哈稻农引进了松粳22、龙洋16等优秀水稻品种，取得了国家地理认证标识，建成了绿色水稻示范基地、鸭稻米示范基地。永明米业加工专业合作社理事长王洪彬，从去年开始就探索进行鸭稻种植，并获得初步成功。2015年，镇政府带领全镇一些种植大户和几个合作社去北大荒股份新华分公司莲花管理区、五常、盘锦等地考察鸭稻、蟹稻等绿色有机稻米基地，给了王洪彬很大启发，决心种植和经营绿色有机稻米，搞出自己的特色。

"鸭稻共育"好处多，种养结合效益好。一亩地水稻放养15只左右的鸭子，鸭子和水稻全天候共同生长，鸭子的杂食性和野生性可以起到中耕除草、防虫肥田以及促进水稻生长的作用，过程中基本不使用农药、化肥、激素，最终产出大米、鸭肉、鲜蛋三大类无公害绿色食品，对他拉哈镇绿色生态有机农业的构建具有积极意义。去年王洪斌的鸭稻试验田平均亩产达到了1 020斤，有机鸭稻米以每公斤30元价格销售，供不应求。今年，他的合作社与社员签订了鸭稻订单650亩，蟹稻订单400亩，绿色水稻订单1 600亩，与合作社合作签约的农户社员超过150户，合作经营绿色有机水稻前景一片看好。

他拉哈水产养殖合作社，不光发展水产养殖，也瞄上了"鸭稻共作""蟹稻共作"新模式，种植有机鸭稻350亩，有机蟹稻450亩，并且使用农业前沿科技，安装了质量可追溯系统，让特色鸭稻米、蟹稻米有了身份证。安装了农作物生长环境监测系统和土壤墒情监测系统，实时、准确地掌握相关数据，搭建具有作物生长影像监测、生长环境监测、病虫害预警与防治、农业生产指导等功能的农业管理平台，打造现代高效水稻产业。

利用稻蟹共生技术，河蟹经过科学的饲养管理，秋季收获的成蟹膏肥卵丰，细腻醇香；水稻植株挺拔，穗大粒饱。水稻亩产1 000斤，450亩水稻总产值达135万元，获总利润100万元以上。河蟹平均重0.15斤，亩产20公斤到25公斤，450亩地河蟹总产值达45万元，获总利润30万元以上。每亩河蟹和水稻总效益是单一种植水稻效益的2倍以上。

旱田种水稻，以前想都没敢想的事今年也成了现实，永升村农民何宪光，今年试种的50亩旱作水稻已经获得成功，亩效益达六七百元，正准备总结种植经验，扩大示范成果。

过去五年，他拉哈农民水稻种植收入实现1.6亿元，占农村经济总收入的42%，人均增收5 718元。

　　去年以来，有机会到他拉哈工作，与这里的干部群众朝夕相处中，受到了深深的感染。这里的群众朴实无华，却又古驿传承的淳朴民风。身处其中，内心深处真的希望能够成为他拉哈万里田畴上的一株水稻，在岁月的流逝中迎风而歌。

回眸篇

Huimoupian

杜尔伯特旗与泰康县的两分两合

周学礼　刘正仁

　　追溯杜尔伯特蒙古族自治县的历史，曾经历过旗与县的两分两合。

　　1368 年，明朝建立。元末帝妥懽帖睦尔退至元上部，建立了北元。从此，明朝、北元之间形成了长期对峙的局面。蒙古内部又分化成三部。1547 年（明嘉靖二十六年），卜赤病殂，子达赉孙继汗位，倍受右翼俺答汗的压迫，深恐为俺答汗的势力所兼并，于是率部从宣府、大同塞外的察哈尔部旧地东迁至兴安岭以东的西喇木伦河流域。这时，哈布图哈萨尔十四世孙奎蒙克塔斯喇为了辅佐正统的达贵孙库登汗，也率部从驻牧的呼伦贝尔一带东移后驻牧于松花江、嫩江流域。为了与呼伦贝尔的阿鲁科尔沁区别，把游牧于嫩江流域的那一部分，称为努恩科尔沁，即嫩科尔沁。奎蒙克塔斯哈喇有二子，长子博第达喇，次子诺门达喇。博第达喇有九子，第八子爱纳嘎于十六世纪中叶游牧于嫩江中游左岸杜尔伯特草原，将原"朵儿边"部即杜尔伯特部融合成为一个部后，延用原古杜尔伯特部之名称，命其部为嫩科尔沁杜尔伯特部。此后，汉文史藉记作嫩科尔沁杜尔伯特部。

1644年，满清入主中原，建立了清王朝。清朝政府为了加强对蒙古族的统治，在中国北方蒙古族地区实行了盟旗制。1648年（清顺治五年）4月14日，清政府撤销杜尔伯特部，建立杜尔伯特旗。

"杜尔伯特"是蒙古语，是汉语数词"四"的意思。"杜尔伯特"这一名称，最早见于1240年成书的《蒙古秘史》，卷一第十一节有："道蛙锁豁尔有四个儿子，道蛙锁豁尔死后其四子对道布莫日根不以亲叔来看待，弃而迁之"，成为"杜尔伯特氏"的记载。杜尔伯特氏后来发展成了杜尔伯特部，杜尔伯特部大约形成于10世纪末至11世纪初的蒙古高原，之后从肯特山下的斡难河畔迁徙到洮尔河、绰尔河之间游牧。金朝初期被金国朝廷安置到嫩江左岸、乌裕尔河中下游。

1648年（清顺治五年），清廷封科尔沁杜尔伯特国公色楞为贝子，掌札萨克，世袭罔替。杜尔伯特旗建立后不隶属黑龙江将军，直隶清朝理藩院。1710年（清康熙四十九年），哲里木会盟后杜尔伯特旗隶属蒙古哲里木盟管辖，属右翼。这里实行禁封政策，不准其他民族进入这一地域生产生活，这里的蒙古族也不准对外扩展。这时杜尔伯特旗地域很大，北至齐齐哈尔、锡伯图尔古城（今富裕县祥发古城）至通肯河右岸，东到通肯河右岸至横穿青肯泡为界，南至郭尔罗斯后旗界，西到嫩江右岸（今泰来县伯达街），总面积可达四万多平方千米。地域包括今大庆市、安达市、林甸县、青冈县、明水县、兰西北部一小部分、肇源县西北部、肇州县西部、泰来县嫩江以东部分和杜尔伯特蒙古族自治县。

到清朝后期，清朝经济衰败，黑龙江将军府经济困难，为进一步发展和发挥广大草原地区的土地效益，改变经济困难的状况，几经黑龙江将军申请，1904 年（光绪三十年），清政府准许杜尔伯特旗出放蒙旗土地，从此拉开了杜尔伯特旗土地大量开放的序幕，大量的外地汉人纷纷拥入。1906 年（光绪三十二年），在杜尔伯特境内设立安达厅，旗境内铁路以北土地和以南开放土地全部划归安达厅管辖。同年七月又出放沿嫩江一带荒地。九月设立了杜尔伯特旗沿江荒务局，管理沿江荒地的出放事宜。1907 年（光绪三十三年）年末，撤销沿江荒务局，成立武兴设治公所。1909 年（宣统元年）下半年，撤销武兴设治公所，将其垦区事务全部划归江西哈拉火烧屯垦局办理。这样一来杜尔伯特旗境内荒务事宜，由江西泰来境内的哈拉火烧屯垦局管理。"中华民国"成立后，1913 年（"民国"二年），安达厅改为安达县。1914 年（"民国"三年），在安达县辖区内设立了林甸设治局。就这样原杜尔伯特旗的土地三分之二的面积划了出去，仅剩下铁路以西土地，作为蒙古族的生计地。由于垦荒放荒土地不归旗札萨克管，为放荒土地与垦区经常发生纠纷。1915 年（"民国"四年），泰来设治局治安员张毓华在事先没同旗札萨克协商的情况下，在杜尔伯特旗境内的丰字南段和丰字北段分别续放 1 段地，今大庆兴隆泉乡，原杜尔伯特旗兴农乡和今一心乡境内土地。这样一来，1916年（"民国"五年），旗札萨克与张毓华发生争执，1917年（"民国"六年），经省里才得到解决。1927年（"民国"十五年），泰康设治局成立管理江西泰来设治局管过的杜尔伯特旗境内的时、和、年、丰四段和杜尔伯特境内后开的民、康、物、阜四段，共八段垦区。由于垦区不断扩大面积，杜尔伯特旗蒙古族农牧民游牧地萎缩到已经不能生存的地步。同年，杜尔伯特旗敖林西伯屯以蒙古台吉罕布台、希恩讷根为首的 100多牧民，打起"为牧民生存、保护蒙古草原"的旗号，举行反垦起义。与泰康设治局官警展开了激烈的斗争。此次反垦起义失败后，同年紧接着后新屯牧民文明带领 30 多人举行反垦起义，与后新屯为邻的泰康设治局第四保保董陈忠聚展开斗争。经一个多月的斗争后，反垦队伍由于敌众我寡，让设治局组织的武装打散，由此可以看出，由于蒙旗地的开垦，开垦与反开垦的纠纷不断四起，蒙古族农牧民生活不得安宁。加之以上这八段垦区的土地是分布在全旗各保管辖区域，插花存在，从而造成各种矛盾，土地资源纠纷四起。造成了杜尔伯特旗境内、旗札萨克和设治局两个机构管理全旗事务的状态，对全旗事务的管理造成很多不便，纠纷四起。

伪满洲国成立后，杜尔伯特旗划归兴安总省公署管辖。四月，旗札萨克呈请兴安总省公署，提出裁撤泰康设治局，将其辖区并入杜尔伯特旗，但黑龙江省公署未准。1933 年 10 月，省公署将泰康设治局改为泰康县。这是伪满洲国时期，在杜尔伯特旗境内，杜尔伯特旗和泰康县两个行政机构第一次分治。杜尔伯特旗公署驻巴彦查干屯，泰康县公署驻小蒿子屯即现在的泰康镇。1940 年（伪满洲国康德七年）5 月，仍然由杜尔伯特旗公署旗长色旺多尔济的呈请，撤销泰康县公署，将其辖区并入杜尔伯特旗公署管辖。经伪满洲国民政部批准，撤销泰康县，将其辖区并入杜尔伯特旗。这是杜尔伯特旗和泰康县在历史上的第一次合并。旗公署驻现在泰康镇。

1945 年 8 月 15 日，日本帝国主义无条件投降。伪满洲国垮台。9 月 5 日，伪杜尔伯特旗公署解散，伪旗长联合旗公署官吏组成解放委员会。不久，解放委员会又改为地方治安维持会。傅振绪为会长，邵桂香任副会长。泰康县公署建置区被傅振绪为首的地方维持会和地主武装所控制。11 月，内蒙古人民革命党委派冠布仁钦等人到杜尔伯特旗开展工作，宣传杜尔伯特要建立自治政府，接受东蒙古自治政府领导。1946 年 1 月，东蒙古自治政府成立。2 月，伪杜尔伯特旗旗长色旺多尔济从小蒿子（今泰康镇）迁回原杜尔伯特旗驻地巴彦查干屯，准备成立自治政府，接受东蒙古自治政府领导。1946 年 3 月，林甸县解放，泰康县维持会傅振绪派人到林甸找嫩江军区一旅政委、中共第一专署书记吴富善，提出"和平解放泰康"和

"欢迎八路军进驻泰康"的建议。3月28日，嫩江军区一旅一团政委高炳龙率骑兵四连进驻泰康。

4月1日，嫩江省第一专署派张革（非党）从林甸带10余人到泰康，接受地方治安维持会。4月3日，正式宣布解散泰康地方治安维持会，成立泰康县民主政府，张革任代理县长。管辖区域是原杜尔伯特旗各村。泰康县民主政府成立后，驻小蒿子屯（今泰康镇）隶属嫩江省。

1946年4月上旬，在巴彦查干屯，召开了杜尔伯特旗蒙民代表大会，大会最后选举产生了"新的旗政府"。由此，杜尔伯特旗自治政府成立，旗长仍为伪旗长色旺多尔济。管辖区域是原杜尔伯特旗各努图克，各努图克达还是原班人马没有变。这是历史上杜尔伯特旗和泰康县第二次分治。杜尔伯特旗隶属东蒙自治政府。旗、县份治后，旗、县管辖区域交错，土地插花，各种矛盾也很突出，工作确实不便。为此，1946年4月1日进驻杜尔伯特旗的八路军工作队，为杜尔伯特旗与泰康县的合并问题，经过多次工作，反复协商，于8月2日，并经嫩江省批准，杜尔伯特旗与泰康县合并，泰康县辖区全部并入杜尔伯特旗。当天，杜尔伯特旗与泰康县在泰康村举行各区长、努图克达（蒙古语，区长之意）联席会议和临时参议会议，讨论通过"拥护杜尔伯特旗与泰康县合并，成立杜尔伯特旗民族民主联合政府的决议"。从此，杜尔伯特旗民族民主联合政府正式宣告成立。选举胡锡光为参议会议长，金默言、仲省齐为副议长，选举色旺多尔济任旗长，武衡任副旗长。旗政府由巴彦查干屯的王府迁至泰康村（今泰康镇）。这是杜尔伯特旗与泰康县历史上的第二次合并。杜尔伯特旗民族民主联合政府隶属黑龙江省管辖。

寿山将军殉节及墓葬地

蒋恩广

在杜尔伯特县境内，有个离县城最近的乡镇。这个乡镇的名称只有两个字。这两个字的笔画合起来，也只有五画 —— "一心"。一心乡（政府驻地三合屯）西南部有个自然村叫"小林科"，20 世纪人民公社时期为胜利大队。这里西邻大龙湖泡 17 万亩水面，东接全县交通大动脉林肇公路，丘陵起伏，青草幽幽，生长着大量的野生榆树、山杏树的矮科次生林，环境静谧、安详肃穆。

清末，1900 年（清光绪二十六年八月），著名抗俄名将袁寿山将军，抗俄遭失败殉节，死后就葬在小林科村西北 2 千米，大龙虎泡（纳哈尔湖）东南畔的丘陵树丛中。追溯寿山将军履历，寿山，字眉峰，明朝末年名将袁崇焕裔孙。1860 年（清咸丰十年），生于黑龙江瑷珲（今黑龙江省黑河市瑷珲），汉军正白旗人。

1894 年（清光绪二十年），中日甲午战争时，寿山英勇善战，受到清政府嘉奖。1899 年（清光绪二十五年），寿山任瑷珲副都统。第二年，任黑龙江将军衙署将军。

　　史料记载，1900 年 5 月，拳匪乱作，保护东清铁路之俄兵严阵以待。6 月 18 日，黑龙江将军寿山分兵三路攻俄。8 月初 4 日，俄兵入齐齐哈尔，寿山自杀。据史料记载，拳匪焚教堂、毁铁路。俄以保护铁路为名增兵满洲，假道齐齐哈尔、哈尔滨，将军寿山不允。屡电伯力（哈巴罗夫斯克）海兰泡（布拉戈维申斯克）俄督抚，哈尔滨俄监工，约令彼不增兵，我任保路，而俄悍然不顾。寿山于是约吉林将军长顺会攻哈尔滨，北则由瑷珲入俄境，为俄军所败。7 月 16 日，退守北大岭。20 日，俄兵包抄过岭，我军退四站，而墨尔根（嫩江）、布特哈（扎兰屯）两城官弁、旗兵，望风逃散，我兵又退至纳（讷）默（谟）尔河南岸。27 日，俄兵抵讷谟尔河北岸。八月初一，渡河南下，旦夕即可抵省。西路官军于七月初九自海拉尔，伊敏两河东岸退守雅克岭，旋极力反攻，至呼伦贝尔城附近。俄人援师大至，四面包围，我兵遂败，统领保全死之。雅克岭守御益薄，俄兵遂由岭内火沟口窜入，据我大兵之后。八月初二日，抵省西库库尔科运河。省垣空虚，无险可守，寿山见事机逼迫，适七月二十日简放李鸿章为全权大臣与八国联军议和之电致。乃于七月二十一日，遣程德全赴北路俄营议和。八月初一日，定议俄兵至省不开一枪。初四日，俄兵入城，寿山殉节。省城（齐齐哈尔）虽由程德全力保获免蹂躏。然俄兵由哈尔滨经吉林入奉天，所过劫杀，以哥萨克骑兵为尤忍。尝迫黑龙江左岸豁尔莫勒津屯内之满人凡数万入江以死。时联军已（攻）陷山海关，关以外悉入俄人撑握矣。

八月戊子谕：寿山着开缺查办，……

以上事情均发生在 1900 年（清光绪二十六年）。

1900 年 7 月中旬，八国联军对天津发动攻击，天津失陷。同年 8 月，八国联军由天津向北京进犯，8 月中旬，攻陷北京。

同一时期，沙俄以保护东清铁路（19 世纪末，沙皇俄国攫取了在中国东北建筑铁路的特权）为由派军队攻进当时的黑龙江省城齐齐哈尔，又由哈尔滨经吉林进入奉天（沈阳），以致控制东北全境。这年（1900 年）七、八、九两三个月间，八国联军进攻并攻陷天津、北京，是遥相呼应并发生在同一时段的。

1900 年农历七月十四日至八月初四（1900 年 8 月 28 日，当年闰八月），寿山将军兵分三路攻俄至俄兵入侵齐齐哈尔，寿山将军殉节自杀也正是在这一时期。

对于寿山将军抗俄受挫受困，清政府当也无兵可援。因为清政府已陷入内有义和团运动，外有帝国主义列强入侵；政治、经济、国力衰微，已处于风雨飘摇之中，且清政府为维护、稳定其统治，急于要与列强议和。

对于寿山将军殉节至死的过程，杜尔伯特县志援引史料记载：寿山耻坠敌手，重辱国，以后事付程德全，吞罂粟膏（俗名"大烟"）数两未死。比闻炮声，卧榇（chèn，即棺材）中强卫兵殊以手枪洞胸而卒，时年四十有一。

也有人据所查资料撰文说，寿山是吞金（三枚金戒指）不能速死（防止被俄军俘获），"呼（儿）子西丹庆恩以枪击，子不忍行。遂由差官击之，弹中左肋犹不死。更呼之，差官又击小腹仍不死，呼益厉，又击之，气始绝。"

寿山将军壮烈殉节后，因其夫人是杜尔伯特旗札萨克希拉布罗丕勒之妹，所以，其子袁庆恩将父亲的灵柩运到杜尔伯特旗浮厝（音 cuò，意即：浅埋等待改葬）。

1908 年（清光绪三十四年），寿山夫人病逝于郑家屯。庆恩又扶母灵柩抵杜尔伯特旗。

为了安葬寿山夫妇，希拉布罗丕勒考察了几个地方，最后，选定于"小林科"建墓。

现在，寿山将军陵园墓葬已不是当初建造时的样子。由于被寿山将军爱国凛然正气所感染，后人为他修建了砖砌水泥坟冢墓，并设立寿山将军墓碑，成为爱国主义教育基地。每当清明时节，当地青少年都要前往瞻仰、凭吊，缅怀这位抗俄将军。寿山将军若地下有灵，一定会感知到他曾誓死保卫的国家，如今外敌入侵，任人宰割早已成为历史。正在加速建设的中国人民解放军，在能打杖，打胜仗的现代化军队建设目标指引下，随时准备歼灭任何敢于来犯之敌！

今天，我们怀念抗俄英雄寿山将军，就是要牢记历史，不忘国耻，缅怀和学习他强敌当前誓死不屈的民族气节。

杜尔伯特蒙古族会客礼仪拾零

康立恒

蒙古族人非常好客。不论亲戚故旧，认识不认识，熟悉或者不熟悉，只要来到蒙古族人的家里做客，一般都会受到热情接待。但是，需要注意的是，出门做客的时候必须掌握要去做客的人家的基本情况，尤其不要轻易到有产妇的人家做客，更不能贸然闯进产妇的屋里。这是犯大忌的事情。

蒙古族家庭喜欢养狗。只要客人走到院子附近，首先就会听到狗叫。蒙古人之所以喜欢狗，是因为狗不但有保护牲畜看家护院的作用，还能为主人传递信息。只要家里养的狗一叫，孩子首先就会跑出来察看，之后，赶快回去向家长汇报所见到的情况。如果到自己家来访的是长辈，全家人就会一齐出门迎接客人。迎接客人时，都会把服装穿戴整齐。

如果要去访问的主人家中，有长辈和老人时，客人要在院子外面下车、下马，牵着马走进院子里。如果来访的客人是长辈或者老人，主人要主动接过客人的鞭子或者马缰绳拴在院子里的桩子上。无论主客双方，晚辈要向刚刚见面的长辈施行见面礼，问候请安。

双方平辈分儿的人见面，一般施握手礼。但是一般年轻人见到老年人不施握手礼，行点头鞠躬礼，并向长辈问好，老年人对青年人说"您好"，并简洁回答自己的健康状况。如果和尊贵的客人见面时，礼节十分隆重，到院门外来迎接，在院外的道路两旁站立等候，客人到来时，双方握手相迎，见面时热情寒暄、问好，走进院内、进屋后，敬茶，也有敬酒助兴的。

敬酒助兴的情形一般是因人而异，恰如其分，如果是敬奶酒时，主人要先喝一口，以示奶酒像主人一样真诚纯洁，绝不会有不洁之物，主人和客人就像同欢共饮的亲兄弟。客人即以奶酒回敬主人时，也要让每个人都呷上一口，以示同饮一碗酒，成了一家人，亲切之情溢于言表。然后再按当地习俗敬酒献歌，表达主人对客人真挚而热烈的感情。

蒙古族传统认为，无论是否认识或者熟悉，只要到自己家里来的人，都是客人，一律用上好的烟、茶、饮食热情招待。除非客人没有时间，来不及烧水沏茶，也要让客人品尝一下家里的奶制食品，才能让客人出门上路。如果到一户蒙古族人家里，什么也不吃就走，会被主人认为是对自己的不尊敬。

蒙古族人自古以来就热情好客，前来拜访的客人，无论是相识不相识，也不管是哪个民族哪个地方的客人，也不论客人会不会讲蒙古族语言，都会受到热情的欢迎，给予真诚而又热情的接待。主人会把客人让进上座，敬奶酒。如果过了饭时，主人家已进过餐，家人会专门为客人再新做饭，饭做好以后，把餐桌摆上，有奶酪、新煮的羊肉、酥油、马奶等，让你品尝。

如果主人家人尚未用餐，客人可以和主人一家共同用餐，而客人的餐饮要比主人的好一些，吃肉让客人吃最好的肉，如羊的腿部和肋骨的肉，而且主人一定要让客人吃饱，否则主人会不高兴的。

献茶敬酒照例以长辈、老人为先。有时也会为了表示对客人的尊重而先客后主，客人接过来茶碗要放在长者面前。献茶要站起身双手奉上，不能坐着献茶。晚辈如果是男性，敬酒时做单跪姿势。

客人吃过茶以后，宴席上，要先向长辈逐一敬酒，长辈接过第一盅酒，首先照例对客人及全桌的人说几句祝福吉祥的话，之后，用太阳指蘸酒弹酹。这时，客人应该向在场的长辈或者老人献上随身携带的礼物，还可以给小孩分发糖果之类，以示还礼。

客人献过礼物后，主人家辈分最高或者最年长的人，开始给客人敬酒。如果主人家年纪较高，辈分又长的人，不方便直接出面敬酒，一般会提出由自己的晚辈人出面代替敬酒。尽管平时晚辈人忌讳在长辈面前喝酒吸烟，但此时，晚辈必须毫无条件地接过酒杯，代长辈一饮而尽，然后，将酒杯放回到餐桌上面。如果客人喜欢饮酒，此时，长辈可以借故退席回避，给客人留出宽裕的时间和机会与同辈人同桌共饮，以示尽兴。无论如何喜欢饮酒的老人，都不能与晚辈人一道同桌开怀痛饮。即使规模较大的喜庆宴席，也必须按年龄、辈分、性别、身份等差别习惯，分桌入席。避席的长辈要等待年轻人饮到基本尽兴的时候，就可以返回到席间，与客人共同斟满一杯酒，放在桌子上，大家开始用饭。此时，主人要主动热情待客，可以由同桌上的长辈或者年长的人，先动筷子吃饭。客人要随着主人的动作，开始主动吃饭，免得用餐结束时，把自己剩到全桌人的最后，显得尴尬。

待客人酒足饭饱之后，主人会给客人拉琴唱歌，使客人忘记旅途的疲劳，仿佛置身于自己家中。

蒙古族人喜欢餐后，紧接着饮茶，这时如果客人主动辞行，全家人会谦让挽留一下客人，如果客人返程的意图已经决定，就不要强行挽留，而要热情送别。送别客人的时候，主人全家都要出面相送，这时，如果是传统的蒙古族家庭，可能有主人家的长辈老奶奶会出来用牛奶为客人酹祝饯行，这时客人要尽量尊重老人家的意愿，让其尽兴为自己送行。

客人离去，主人家的长辈要送客人到院外，而同辈份的人一般都要把客人送到村外路边，直到客人骑马或坐车远去。

客人离去时，主人可以视具体情况给客人送一些适当的礼物。礼物可大可小，可多可少。但是，主人的酒囊无论如何是不送给客人的。因为蒙古族人盛酒的皮囊，一般是用牦牛皮或骆驼皮制成。制作时首先剃光皮子上的毛，压上精美的图案，在坑里烟熏十天左右，这样就可以制成长久不腐烂、无异味，而且有奇香的皮革。将皮革用香肠线缝实，再用牲畜骨胶将针眼的里外两面涂抹严密即可。大的酒囊可盛五十到六十公斤白酒，小的酒囊也能盛一公斤以上的白酒。用这种酒囊盛酒不变味，不撒酒，而且抗挤压，抗摔打，抗颠簸，便于在驼背上，或者马背上携带。

尤其重要的是，一个酒囊可以使用七十到八十年，能传至三代甚至三代以上。每一家的祖父祖母都要给未来的孙子制作两三个酒囊作为传承的纪念，从不送给他人。如果有的客人不懂蒙古族主人的习俗，向主人讨要酒囊的话，一定会得到主人说明式的婉言拒绝。

到夜晚，如果有人到蒙古族人家投宿，主人都要予以留宿。蒙古族传统认为，草原上一是野兽多，如不留宿，容易被野兽伤害；二是黑夜的草原容易迷路；三是草原上黑夜寒冷，如果是冬季容易被冻死。蒙古族认为，傍晚放走投宿的客人，到了地狱也有赎不清的罪过。而且蒙古族自古以来就有不成文的规矩习俗，如果谁家傍晚不留投宿的客人，其他人便可以报告氏族首领，那么，不留客人投宿的这个家庭就可能要受到族人的惩罚。事实上，每一户蒙古族人家都会热情挽留客人投宿的。以上礼仪简述足以见蒙古族人民好客的风俗。

回忆革命老区村那些事

司广武

革命圣地、革命老区一直是引人关注之地，2007年我县有四个村，即泰康镇幸福村、克尔台乡太平庄村、巴彦查干乡和平村、敖林西伯乡杏树岗村被省政府划定为革命老区村。

一、建立组织时一片忙碌

也是那一年，县里要求我作为老促会负责人牵头抓革命老区村建设工作。曾几何时，我们对老区的认识仅仅停留在历史资料上，但随着机构的建立，我经常深入老区村调研和查阅资料，对老区村有了不同的认识。一些历史人物和历史事件纷纷拂开岁月的尘埃，从历史的深处走了出来。2008年大庆市老区建设工作会议结束后，为了进一步贯彻落实市委有关精神，县委召开了常委会议，听取了县老促会关于革命老区建设情况的汇报，会议决定，成立县老区建设工作领导小组，组长由县委县政府的主要领导担任，副组长由县委副书记、县政府主管农业副县长担任，成员单位由县委组织部、县委宣传部、县老干部局等 24 家单位组成。会后，对县老促会机构和人员做了新的调整，老促会设会长 1 人，副会长 1 人，秘书长、办公室主任、工作人员分别由老干部局人员担任。4 个老区村及所在的乡镇也分别成立了老促会组织。县里为老促会安排了专项的工作经费。至此，老区建设的各项工作完全纳入了重要日程之中。2009 年初，县委县政府召开了全县老区建设工作会议，四个村所在的乡镇主要领导和县老区建设领导小组成员单位及老区村的领导参加了会议，会上，县委主要领导做了重要讲话，各有关乡镇不仅成立了老促会，而且党政主要领导还亲自抓，从人、财、物各方面无条件的为老区发展创造条件。

那时，我们每天都忙忙碌碌，起草文件，召开会议，落实工作，我这个年龄大的人感觉有些吃不消了。

二、开展宣传时风风火火

工作初期，我们的主要责任就是让更多的人了解革命老区工作。所以，县老促会成立后，采取了一系列卓有成效的措施来推进老区的宣传工作。比如利用会议进行宣传。从第一次老区建设工作会议开始，以后每次缝会必讲，讲老区的历史作用，讲建设老区的非凡意义。县电视台、《草原之声》、政府网站等媒体纷纷开辟专栏，宣传老区，推介老区，做到了电视里有影，电台里有声，报纸上有字。一时间形成了浓厚的舆论宣传氛围。为了配合宣传和指导工作，老促会订阅了《中国老区建设》《黑龙江革命老区》等报纸杂志，组织工作人员学习。老促会多次组织县里的文艺工作者到老区采风，邀请市摄影家协会多名摄影家到老区摄影采风，并在大庆市进行了图片展览。组织擅长文艺的老同志编写文艺节目，在乡村和社区的舞台上演出。组织部分老同志深入老区采访并编写出了多篇反映老区革命史方面的稿件，其中有 5 篇反映我县老区建设的通讯在省《开发研究与老区建设》《黑龙江革命老区》杂志上发表。县老促会撰写的调研文章在省《开发研究与老区建设》杂志上发表，并被省老促会、省地区开发研究咨询委员会评为优秀调研成果一等奖。这些文章被编辑成册发行宣传。为从整体上让人们认识老区，了解老区。几年来，县老促会向省市报送信息 30 多篇，有的被采用。老促会组织有关人员编写出了《老区新貌》和《杜尔伯特革命老区》两本书。2010 年，县老促会被授予全省老区宣传工作先进单位。

三、老区建设方兴未艾

我搞了一辈子水产工作，如今让我抓革命老区建设工作，说明县委领导对我的信任，我必须要全力做好工作，才能不辜负他们对我的期待。因此，在老促会成立之初，我组织人员先后利用两年的时间深入老区 4 个村 11 个自然屯调查研究，对老区的人口、基本状况、人均收入、产业分布、基础设施、资源交通等情况进行全面调查，对每个村屯影响其发展的症结性问题进行深入剖析，对可利用资源和有发展前景的项目予以论证，掌握了第一手材料，形成了发展的整体思路。每个村都确定了符合本村发展实际的思路，制定了多项近期建设计划和中长期发展规划，为促进老区的更好更快发展奠定了坚实的基础。

10年来，老区建设突飞猛进，以实施项目为核心办理并完结了诸多的大事实事。一是解决了老区的饮用水安全的问题。过去老区人畜都饮用浅水井的水，水质不达标，通过省新农村建设示范村项目、省市老促会重点支持项目和县水务局等部门的支持，共筹措资金600万元，帮助老区安装了自来水，4个老区村的2 300户群众全部吃上了自来水。二是在市老促会的支持下，县林业局积极配合，4个老区村全部实施了村屯绿化。三是协调水务局投资18万元，为克尔台乡太平庄村打了15眼抗旱中深井。四是协调省老促会和县畜牧兽医局等部门投资60万元，为克尔台乡太平庄村建设了村办公室和奶牛饲料生产车间。五是向市老促会争取到资金10万元。为巴彦查干乡和平村解决了"旱改水"灌溉设备。六是通过实施新农村建设项目，帮助敖林西伯乡杏树岗村解决资金60万元，实现泥草房改造63户。累计起来算，自2009年以来，省、市、县三级支持老区建设项目18个，投资2 800万元。

成员单位也在老区建设中发挥着不可替代的作用。县委组织部为各村送去了电脑、投影仪、打印机等设备；关工委为各村协调了大量的农家书屋书籍；县文化广电体育局在组网前，把敖林西伯乡杏树岗村作为"广播电视村村通"重点扶持村，帮助他们实现了有线电视通村工程；县委组织部用30万元党费帮助杏树岗村、和平村改建村两委办公室；县教育局两次筹集资金4万元帮助巴彦查干乡和平村解决办公资金不足问题，并且购买原煤20吨，帮助解决村里冬季取暖问题；县供热公司为克尔台乡太平庄村筹资2万元，解决了当年取暖问题。多年来，县文化广电体育局、县卫生局、县农业局、县林业局、县畜牧兽医局等部门为老区村开展"三下乡"和其他服务活动，为各村解决乐器、图书等问题，举办了科普知识培训班、专家义诊、专家下基层服务等大型活动几十次，县、市老促会协调哈医大五院专家到巴彦查干乡和平村为老区人民义诊，义诊人数达56人，还配送了3 000多元的常用药品。县卫生局组织市女子医院、县人民医院、县中蒙医院、县妇幼保健院、县计生服务中心等为4个老区村义诊9次，义诊人数达1 670人次。县委宣传部、县政府办、县扶贫办等单位，为老区建设做了大量细致的工作，没有社会的支持，就没有老区今天的建设成果。现在，老区村旧貌变新颜，村屯规划整齐、绿化到位、卫生洁净，人民群众生活水平不断提高，老区村确立前，老区村平均人均收入是5 000元，以2014年为例，老区平均人均收入达到了15 000元，群众的生活水平得到了大幅度的提高。在老促会的积极争取下，四个老区村被定为整村推进村。2017

年，4 老区村每村 200 万元项目资金已启动，使用方向由原来全部用于基础设施建设调整为 30% 用于基础设施建设、70% 资金用于产业扶贫。近期将确定各村基础建设项目，履行招投标程序，启动整村推进各项工作。

　　倏忽间，10 年的光景就过去了，10 年，在历史的长河中可能不过是一朵小浪花，但在人生的岁月中又是何其的漫长啊！这 10 年里，革命老区已经发生了巨大变化，未来将会发生更大变化。我们这一代人已经老去，我们下一代人也将要老去，但我们的努力却不会付诸东流的，革命老区却是会永远年轻的。革命先辈为今天的幸福生活抛头颅洒热血是会被永远镌刻在历史的丰碑的。愿我们的革命老区永葆青春，这就是我，一个老同志的真诚祝愿。

老来更识草原人

刘玉森

我是在杜尔伯特参加工作的，多年的工作交往接触联系沟通办事处的人，可以说对草原人的性格还是比较了解的。在县委和县人大工作期间，遇到接待任务，我总是把草原人热情好客，豪爽正直，勤劳简朴，好学上进等美好品格介绍给客人或来宾，目的是让更多的人了解草原人。从工作岗位退下来之后，我受县委指派来到县关心下一代工作委员会工作。一晃13个年头过去了，在这十多年里，由于工作角色的关系，我接触了在以前工作岗位没接触到的人，那些发生在草原人身上的一件件闪光的事迹一直在感动着我，让我更进一步了解了草原人的内在品格和深厚底蕴。

乐善好施的企业家

改革开放后，一批先富起来的草原人骨子里到底在想什么？他们是否还看得起那些挣扎在贫困线上的人？关于工作一项具体任务就是关爱贫困青少年，由于工作的关系，我接触到了草原上几位先富起来的企业家。

温忠权，土生土长的胡吉吐莫人。1997年买断了胡吉吐莫镇两个砖瓦厂，为了创业，他亲自开推土机推土，汗珠子掉地上摔八瓣儿。到2005年还在内蒙古开了两家砖厂，固定资产达到1 000万元，年生产总产值1 000多万元。发财了，他得知胡吉吐莫镇中心学校教师刘德才，由于患胃病，妻子无工作，两个孩子上学，家庭生活十分困难。2005年，刘老师的女儿刘莉莉以优异成绩考上大学，由于东挪西凑还是凑不够学费，就准备放弃学业。温忠权送去2 000元凑够了学费，还当场表态："这孩子读大学期间每年1.3万元的学费都由我来出。"紧接着刘莉莉的弟弟也考上了大学，也是由温忠权全额资助，姐弟两人的学费总计8万多元。像刘莉莉姐弟这样得到老温捐助上大学的就有8人。张俊山的女儿张羽，2008年考上大学，老温出资4.5万元，扶持到大学毕业。给林宝同学家无偿提供红砖3万块，建起了70平方米的砖房。十几年来共资助有贫困家庭26户，善款30多万元。另外还给胡吉吐莫中学、中心小学维修教室，捐赠红砖，为中心幼儿园平整操场，为胡吉吐莫中学购买电脑30台、速印机一台，投入5万元建起了多媒体教室。还设立了"忠权教育"基金，从1998年开始每年拿出1万元作为教学奖基金，奖励优秀教师和品学兼优的学生。扶持和安置社会青年300多人，让他们学技术，尽快发家致富。当地人都称老温是"大善人"。被省关工委授予

"关爱标兵"称号。

刘贺敏，县城金顺达电子城的总经理。杜尔伯特县城最早开家电商场的老板之一。当他得知家住在对山奶牛场新风分场在杜尔伯特一中读书的学生解锡山，因父亲患肺癌于 2016 年 9 月病故。母亲因年事已高又体弱多病，失去了劳动能力，解锡山为了照顾母亲也为了维持这个家，便辍学了，到县城"大个海鲜烧烤店"打工，靠微薄收入维持家中生活时，决定在以前已经资助了几名贫困家庭的中小学生的同时，单独再为小解提供专项救助。他说："我虽然救助了几个中小学生，有些资金压力，但孩子的前途重要，我每月再拿出 300 元救助解锡山，直到他读完高中为止。"并与解锡山母亲及小解的班主任签订了救助合同，使救助事项落实落靠。得到救助的解锡山在 2017 年 8 月 31 日高高兴兴地重返校园，开始了梦寐以求的读书生活。

这就是草原上的企业家，这就是先富起来的草原人。今年，全县各项社会救助大中小学生善款达到 130.20 万元，1 437 名学生受益。全县已经连续多年没有因贫辍学的适龄儿童。

创业创新的少壮派

杜尔伯特草原，人杰地灵，青年人更是朝气蓬勃，敢试敢闯。

　　包洁茹，草原上的蒙古族姑娘。她创办的小清华幼儿园，经过 14 年的努力，倾注满满爱心，探索幼教规律，不断发展壮大，从单一的县城一家拓展到在乡下也开了一家连锁园。在杜尔伯特美丽的草原上开拓出培养幼儿茁壮成长的一片蓝天。2001 年 7 月，她在齐齐哈尔民族师范毕业后，正赶上教师队伍的第一次改革，教师职业打破了铁饭碗，不再包分配。她便来到一家幼儿园当教师。2003 年初，包洁茹辞去了这份待遇丰厚的幼儿教师工作回到了家乡，开始了她艰辛的创业之路。她筹集到了 1 万多元办园资金开始办自己的幼儿园。创业之初，她的幼儿园只有两间教室，面积只有 100 平方米。为了招生，她不辞劳苦，每逢周末，无论天气好坏，她都会拿着一摞宣传单，走遍大街小巷，一边粘贴广告，一边给路人讲解。到2007 年幼儿园面积扩大到 500 平方米，2009 年在距县城十七千米的克尔台乡政府所在地开设分园，两所幼儿园面积都在1 000 多平方米。2016 年还在县城开办了小清华艺术学校，入园幼儿和适龄儿童总计达 310 人。教职员工也由刚开始办园时的只有夫妻二人，扩大到现在的 45 人。她被吸纳为大庆市民办教育协会会员，被居民选为县人大代表。2012 年获得首届大庆优秀青年创业奖。小清华幼儿园被县政府评为"先进学校"，被大庆市教育局评为示范单位。2016 年，包洁茹被省关工委授予"创业标兵"称号。

　　王丽敏，杜尔伯特县腰新乡兴隆村里的年轻人。2010 年，哈尔滨师范大学毕业,放弃了在大城市生活和就业机会,毅然决然的回到家乡,紧跟科技兴农,走上了依托本地农业资源科技致富之路。她成立谷物种植专业合作社,购置了国内领先的加工设备,引导新社员带地入社,年终进行效益分红;她严把产品生产加工关;以高于市场价 3 角的价格,进行现金收购。注册了"鼎力牌"商标,开发生产杂粮礼包系列产品。实行"统一品牌、统一商标、统一包装",主推包含小米、绿豆、黄豆、高粱米、小碴子的杂粮大礼盒,产品已远销至哈尔滨及湖南等地。合作社还依托腰新乡"年年丰收"互联网实体店,推介自主品牌借助村级网站、微信朋友圈、腰新乡信息平台、杜尔伯特信息平台等微信群、qq 群、论坛等手段,通过文字、图片、视频等方式发布产品及销售信息,还在县内地产品商店均设立了代销点,在哈尔滨南极批发市场建立了销售网络,还铺开湖南地区销售网络,逐步实现了合作社品牌"走出去"的目标。"哈洽会""绿博会"都有她的身影。自主品牌与县庆客隆超市、新玛特超市、北京碧生源经贸有限公司达成合作协议,建立了沟通交流机制,形成了独具特色的"公司 + 合作社 + 农户"的订单销售模式。合作社有青年农民 21 人,加工厂占地达到 2 000 平方米,合作社资产总值 580 万元,合作社杂粮杂豆种植面积达 3 400 亩,年加工销售小米等农产品300 多吨,拉动入社农民年均增收 1.8 万元,年实现纯收入5.4 万元。王丽敏成为带领青年农民发家致富的领头雁,被大庆市关工委在 2017 年向省关工委推荐为"创业标兵"。

像包洁茹、王丽敏这些草原上的少壮派，正以他们聪明的才智，进取的精神诠释着草原的发展和未来。也正是"青年兴则国兴，青年强则国强"的具体写照。

好学上进的校园花朵

在校生，品学兼优是我们党和国家后继有人的希望所在。草原上的校园学子，好学上进，向上向善。

张梦瑶，克尔台蒙古族学校 9 年（1）班学生，老师心目中的好学生；父母眼中的好孩子；是同学们的好朋友。爱看书、愿动脑、敢发言，善演讲，是一名品学兼优的好学生。在学校，她乐于助人，哪位同学需要帮助，无论是学习还是生活，她都抢在前面；在家里，她除了做好自己的事，还帮母亲做饭，帮父亲整理资料，奶奶的生日，也总忘不了为她画一张贺卡；在社会上，她总是会利用假期与同学结伴看望孤寡老人，发放自制的文明礼仪宣传材料。

她担任班长、副大队长等多项职务。团结同学，热爱班级，带领同学们参加学校组织的各种比赛，她所编排的班级节目，多次在年级和学校荣获一等奖。主动承担起了"校园先锋岗"工作，每周五都到值勤班级收发检查表，每天早晨和中午，检查先锋岗的工作。她被同学们推选为第一批团员，又承担起了团支书的工作，每周都组织团员上团课，学习团的知识。学期末，他们团支部被评为了"校级优秀团支部"，她本人也被评为了"优秀团支部书记"。她还负责校园广播站的工作，将单一的广播通知扩展到广播一些受同学们喜爱的文章、音乐，以起到真正丰富校园生活的作用。她配合老师开展"广播员选拔"和"校园小记者选拔"等多项活动，把校园广播办得有声有色。在第四届全国"校园金话筒"主持新星选拔活动黑龙江赛区中荣获口才类"特等"奖；在 2009 年 6 月被评为县级"三好学生"；7 月荣获全国青少年"中华魂·祖国在我心中"主题教育读书活动"二等奖"。12 月荣获全省"一等奖"。

孙诗迪，红旗小学三年二班的学生。学习勤奋，成绩优秀，养成了爱好阅读的好习惯，各学科成绩优秀，求知欲较强。孙诗迪真诚地对待每一位同学，对学习和生活上遇到困难的同学，他总是能及时地伸出援助之手，尽自己所能地帮助他们。他以一颗真诚的赤子之心，换来了同学们的信任和支持，每一学年他都被同学推选为班级的体育委员和大队委员。能力突出，工作出色。他组织了多次体育竞赛活动，如跳绳比赛、短跑比赛等有意义的活动，不仅活跃和丰富了班级的体育生活，而且提高了班级的凝聚力。他卫生习惯良好，不仅讲究个人卫生，而且积极负责地对待值日生工作。他热爱劳动，在家里能做点力所能及的家务事，抹家具拖地板，不怕累、不怕脏，觉得劳动光荣。他爱好广泛，素质全面。他爱好音乐，乐感好。从 5 岁开始学习，并利用课余时间练习架子鼓，每一个动作都力求到位，力求完美，老师称赞他是一个很有上进心的人。他在全县的架子鼓界已经小有名气，并顺利通过了架子鼓专业国家考试八级；在 2014 年香港举办的紫荆花国际架子鼓大赛中，取得金奖的好成绩；在全省举办的架子鼓比赛中，多次获得金、银奖项。

校园花朵竞相争艳，草原处处景色新。看到他们茁壮成长，作为关心下一代的工作人员，我感到由衷的欣慰。

奉献尽责的"五老帮"

在各条战线上退休的老同志，没有了岗位上的责任压力，但有着丰富的工作阅历和经验，大多数退下来的老同志都十分关注和热爱关心下一代工作，因为他们知道，党和国家的希望能否后继有人关键在教育和引导好下一代。

张枫，原是县教育局局长，1994 年退休，是一位有着 40 多年党龄的老党员。被聘为县关心下一代工作委员会副秘书长。他多年如一日，呕心沥血，全身心地投入关心下一代工作中。他结合青少年思想生活实际，多次到学校做专题报告，通过摆事实、讲道理，以情动人，使青少年从中受到深刻的思想教育。他组织退休老干部成立义务监督小分队，深入全县网吧、游戏厅，监督经营业户是否接纳未成年人进入，并呼唤青少年远离网吧。他组织 10 名老同志，以道德规范养成 36 条和中小学日常行为规范为主题，撰写道德歌谣 74 首，其中张枫自己就撰写 47 首。同时，积极倡导团县委、教育局在全县中小学道德歌谣"征集、朗诵、演唱、表演"活动，并择优编辑成《校园歌谣选编》一书，发放到全县各中小学校。他通过牵线搭桥救助贫困学生 60 多名，其中自己救助的就有 6 名。他协调 9 万元无息贷款，为泰康镇天湖社区 6 个贫困家庭发展养牛提供了资金保障，解决了 6 户贫困家庭的孩子濒临辍学的问题。他协调金顺达家电器商场出资 1 000 元钱为 5 名学生解决了换季困难，使学生家长解除了后顾之忧。他用他自己的实际行动，书写了一首老共产党员无私育人的壮丽诗篇。

马洪君，1957 年参加工作，1963 年入党，2008 年至今一直担任泰康镇关工委常务副主任工作。他在全镇建立关工活动阵地 11 处，图书阅览室 11 处，图书角 25 处，藏书 26 744 册。他多年来组织开展了"老少同乐"演出活动，畅想和谐，以西城社区文化站为引领，先后有三个社区在草原广场和天湖公园进行了多次演出。先后编辑了《金秋溢彩》《桑梓情深》《关工风采录》《名镇扬帆正当时》《理想点亮人生》等"五老"作品集。还引导全镇青少年中组织开展"中华魂"读书活动。开展了"讲学习、重品行、做表率"演讲选拔活动，"十大观念、十大陋习和道德大讲堂"活动，"做文明礼仪杜尔伯特人"宣讲活动。救助残疾人 97 人，帮助七个社区组织了义诊活动。为社会发展创造了亲情和谐气氛。他带领全镇网吧监督员对全镇九处网吧定期巡视，杜绝了未成年人涉入。他带领社区"五老"组建宣讲团，总是十分及时地把党的声音传递到千家万户，党的十七大、十八大、十九大精神，都有他组织宣讲团成员认真备课，深入社区、学校认真宣讲的身影。两史教育、三爱教育、社会主义核心价值观教育，他都一马当先，针对社区和居民实际开展活动。

还有在法院民事审判庭庭长岗位上退休的苏喜财，在教育科研所岗位上退休的冯国华，在县职教中心退休的任凤翔，在老干部局退休的孙秉正，在泰康镇武装部长岗位上退休的叔中学，在工业局退休的周燮等等。他们退休不退党，退休不退岗，继续发挥着余热，把党和国家的关心下一代工作尽心尽力完成好。他们用实际行动回报着党的多年栽培，为党和国家实现中华民族的伟大复兴出力流汗。

关心下一代工作，让我更进一步了解和认识了杜尔伯特人，这是一群干事创业，脚踏实地，勤劳简朴的人；心地善良，积极向上，胸怀宽广的人；扶危救困，仗义疏财，无私奉献的人；健康成长，励志成才，敢于出彩的人；我为草原人鼓掌点赞！

稻花香里话和平

赵凤国

2008 年，组织上安排我到曾经的杜尔伯特旗政治、经济、文化中心巴彦查干乡工作。近 8 年的工作经历，对这片热土的人和事，有着深厚的感情和不可磨灭的记忆，使我一直沉醉在"旧日王爷府、今夕鱼米乡"的独特意境。尤其难忘的濒临嫩江，有着红色基因的和平村。

据《蒙古秘史》记载，在元代之前，逐水草而居的蒙古人就在嫩江左岸开始繁衍生息，形成了大小不一的聚居村落，和平村就是其中之一。和平村，与杜尔伯特的旧行政中心——王爷府毗邻，抗日战争年代，和平村的群众协助杜尔伯特旗王府王爷色旺多尔济，为红色政权的建立做出了贡献，是一个具有悠久历史的革命老区村。历史定格在 21 世纪的第二个十年的和平村，每值夏秋，生机盎然，十里蛙声鸣唱，千亩稻花飘香，牛壮羊肥，万鱼逐浪，勾勒出世外桃源般的鱼米之乡。

红色基因铸丰碑

和平村的人民流淌的血液中一直蕴含着红色基因，在大是大非面前，敢于面对，甘于付出。

抗日战争胜利后，国民党又发动了内战。当时的杜尔伯特旗旗长色旺多尔济有心要联合共产党，和平解放杜尔伯特。

1946年，东北抗日联军先遣队从吉林省白城地区出发东渡嫩江，进入杜尔伯特旗巴彦查干境内，想开辟解放区建立红色政权。色旺多尔济秘密接洽抗联先遣队，把二十多名抗联战士接到了王爷府，密商革命事业。此时，国民党残余分子、少将特派员陈国良伙同包敬斋1 000多人的"东北义勇军杜尔伯特旗联合保安大队"发动反革命叛乱。色旺多尔济联络抗联先遣队的事被包敬斋探知后，他勾结相近的40多名土匪包围了王爷府，要求王爷交出先遣队战士。王爷不顾个人安危，趁夜晚土匪包围松懈之机，带领抗联战士通过地道撤出了王爷府，驻扎在和平村北山的密林中。当地进步乡绅李清海等人给先遣队送饭送水，先遣队躲过了土匪武装的搜捕。事后，包敬斋抓捕了许多和平村群众进行拷问，但没有一个人招供的，致使土匪始终没有寻到抗联先遣队的行踪。正是这支解放力量迎来了王爷府胜利的曙光。

这一段峥嵘岁月、这一段辉煌史实，在和平村的群众中一直在传承、发扬。

倾心倾力助发展

和平村共420户1 327口人，总面积4.8万亩，其中耕地

1.8万亩，林地5 827.1亩，牧草地13 482亩，水域3 321.8亩，其他7 369.1亩。

追溯改革开放后的和平村的历史，发展中有过辉煌，也有过曲折、艰辛。一段时间内，村两委班子弱化，群众意见较大。针对这一实际，乡党委对和平村的村两委班子进行了调整。恰逢党中央加大对革命老区扶持力度，县老促会的司广武会长带领工作人员，进村入户，找制约发展的症结，谋产业发展的思路。协调资金、项目，向上级要政策，在县老促会的鼎力倾情帮扶下，和平村逐渐走上了健康持续发展之路。

和平村又找回了那种"不服输"的精神，开始正经过日子了。

和平村村两委班子带领村民群众，打井、抗旱，发展现代农业；筑渠、引水、建泵站，开发水田，加快了致富奔小康步伐。

2007年以来，和平村争取项目打抗旱中深井11眼，并配套抗旱设施。农户自发打抗旱深井28眼，小井45眼，全部自购抗旱设备。

借助朝尔三期工程、巴彦查干乡土地整理项目，完善水田基础设施，引江水灌溉入田，如今稻田已经发展到了8 000亩，其中绿色水稻种植面积4 800亩。

加强了农田基础设施建设。累计修复农田路37千米，协调农电入田2千米，利用国家农机购置补贴政策，购置40马力以上水田农用车 30 台，水稻收割机 5 台，玉米收割机 5 台。小型农用车户均一台，农业生产实现机械化。

积极推进奶牛提质增效，集约化经营，取得了可喜的成果。2013 年，和平村建成了志豪奶牛养殖专业合作社，占地 1 万平方米，可容纳 500 头奶牛。目前该合作社奶牛存栏 245 头，日售鲜奶 2.2 吨。全村散户奶牛存栏 800 头，总量与 2007 年基本持平。养殖鹅、鸭 3.5 万只，生猪 900 头，羊 2 200 只，马 500 匹。多元牧业贡献比重不断提升。

民生工程绘美景

走进如今的和平村，一条条巷道干净整洁，一条条红砖路四通八达，一幢幢牛舍整齐划一，一张张笑脸洋溢幸福……

2007 年，和平村铺设 1.5 千米红砖路，安装 15 盏路灯。2009 年，争取自来水改造项目，改造 350 户自来水供水管线。改造村委会办公室，并配齐了电脑等办公设备。2012 年建设 1 000 平方米文体广场，安装篮球架一套，健身设备十余套。2014 年，铺设 3.5 米宽水泥路 2.32 千米。2015 年，铺设 3.5 米宽水泥路 1.5 千米。累计改造泥草房 50 余户。新农保覆盖率达到 78%，新农合实现全覆盖。轿车保有量达到 53 台，电脑入户率达 65%。电话、电视入户率达 100%。从 2007 年被确定为老区村以来，和平村人均收入实现了翻番，达到了 17 000 元。2012 年该村通过了市级生态村评审验收，被市环保局认定为市级生态村。生态持续向好，群众生产生活环境明显改善。

历史的车轮滚滚，嫩江的浪花朵朵。走进嫩江岸边的和平村，到处充满了红色基因传递发展、向上的正能量，见证了县老促会助力和平村发展的点点滴滴，感受到和平村群众的富足祥和、对未来美好生活的憧憬。

幸福村人走上幸福路

姜守秀

幸福村坐落在杜尔伯特县泰康镇滨州铁路线东侧，这个村资源好，交通便利，地缘优势大，但因为多种原因，幸福村的人一直没有过上幸福小康的日子。后来，经过改革开放近40年的努力，特别是被命名为革命老区村以后，在党和政府及社会各界的关注和帮助下，经过自身的努力，幸福村人终于走上了幸福路。

幸福村人曾经难幸福

幸福村现有891户，2 870口人。辖3个自然屯。有草原22 200亩，水域8 320亩，林地4 600亩，农田13 300亩，有这些得天独厚的资源和便利的交通，在那个特殊的年代却一直过着并不富裕的日子。老区人献罢鲜血献汗水，献了青春献子孙，却难过幸福日子，想起来真是让人心痛！

曾几何时，幸福村人舍弃自己的幸福，而实现了家乡人的幸福，这是何等博大的胸怀啊！

当年的江桥抗战，马占山带领抗日军民打响了抗击日寇的第一枪，幸福村人不仅出钱出力，而且报名参军上前线，用血肉之躯筑起了抵御外侮的长城。解放战争年代，幸福村人民积极支援前线，捐款捐物，参军参战，谱写了一页页可歌可泣的壮丽篇章。

幸福村人寻找幸福路

新中国成立后的漫长的岁月里，幸福村人一直在寻找能过上好日子的幸福路。但是，一段时间里，特别是"大跃进""合作化"时期，浮夸风遍地，幸福村当时提出"老年赛黄忠，少年赛罗成，妇女赛过穆桂英"，他们同全国一样，办食堂、深翻地，除"四害、讲卫生"。人人参加劳动，家家锁头把门。秋季深翻地挖地 3 尺，有时通宵达旦。学生们暑假拔草、割麦，寒假拾粪、搓玉米。为改变家乡面貌，为"多快好省地建设社会主义"，他们举锄挥镰，流淌下辛勤劳动的汗水。然而，依然过着难以温饱的日子。十年动乱期间，幸福村与全国一样，经过了"瞎折腾"，日子越过越穷。在大的形势影响下，老区人的优良传统难以发扬光大。

改革开放的春风吹遍了神州大地，也吹开了幸福村这个弹丸之地的萧索与封闭。幸福村人紧紧抓住这一历史机遇，大胆改革，锐意创新，大力发展城郊经济，经过 30 多年的努力解决了温饱问题。"花钱靠贷款，吃粮靠返销"已经永久的成为了历史记忆。幸福村人解决了吃饭和穿衣问题，但距离过幸福日子还有一段距离。然而，历史再一次把机遇给了幸福村。

2007年7月，我县泰康镇幸福村、克尔台乡太平庄村、巴彦查干乡和平村、敖林西伯乡杏树岗村等4个村被省政府补划确定为革命老区。县老促会成立后，立即把老区村的经济社会发展作为首要任务来抓。老促会的领导和同志来到幸福村调研，对幸福村的情况进行了全面的调查，从而掌握了基本情况。他们坐下来，共同研究幸福村的发展大计。经过研讨，达成了共识。幸福村作为县城的东郊村，要担负起城市居民的"奶瓶子、菜篮子、米袋子"的作用，要依托自身的资源与地缘优势发展城郊经济。由老促会牵头，组织成员单位到幸福村现场办公，发改局帮助研究落实项目。畜牧兽医局帮助解决以奶牛为主的牧业发展的规划、牛舍、奶站建设以及防疫灭病等技术问题。县委宣传部帮助村里建起了农家书屋并解决了图书的购进问题。农业局为蔬菜种植户提供技术及市场信息服务。交通运输局、林业局、文化广电体育局、住建局、城管局等部门从各自职能出发，为村里解决了泥草房改造、自来水入户、有线电视入户、广场建设、村屯绿化、巷道铺装等民生问题。幸福村的基础设施得到了极大的改善。现在，幸福村的幸福指数已经提高到了一个新的水平。

幸福村人走上幸福路

对幸福村的帮助与服务使幸福村走上了幸福路。奶牛养殖遍地开花。村里制定了牧业发展规划，建起了专业养殖小区和奶站，饲养、防疫、灭病、挤奶等实现了一站式服务，成立了幸福牧业、万达牧业、蒙康牧业 3 处牧场，建立 3 个机械化榨乳点，改变了过去单打独斗的饲养格局。同时，村里还成立了润国奶牛养殖专业合作社。经过组建启动、初级发展、提档升级和转型发展 4 个阶段，现有 56 户社员入股，投资近千万元，由社员民主选举产生了理事会和监事会，实行奶量日公开，账目季公开，并制定相关的规章制度。建立了标准化奶牛站、奶牛 TMR 饲料生产车间、综合服务室、饲草饲料储备库、青贮窖等一批功能完善的基础设施，奶牛的标准化、规模化养殖水平不断提升。

菜蔬种植效益显著。幸福村把"菜篮子"与"米袋子"结合起来考量，面对 6 万多人的蔬菜需求，市场经济效益潜力极大。村民转变了观念，改变传统的经营方式，除种植 500 亩大田绿色蔬菜外，各屯队都掀起了"蓝白色革命"生产热潮，即全部搞大棚蔬菜。2008 年村里投入 10 万元，组织 45 户菜农，成立"益农"牌绿色蔬菜合作社，种菜 300 亩，年产 2 400 吨，经济收入 376 万元，推动社员增收 96 万元。近几年，由于棚室变单层膜为双层膜，棚室保温效果好，吸收阳光足，蔬菜质量和产量逐年提高，由亩产价值 1 500 元上升到 1 800 元。不但菜农得到了实惠，而且改变了冬菜"老三样"的单一局面。此外，村里积极倡导、鼓励农民向观光农业、生态农业、绿色农业发展，因地因人制宜，向多元化种植迈进。全村共种植中草药 200 亩、青贮 3 000 亩，瓜果和经济作物 500 多亩。在旅游业的拉动下，种植大户杨连富开办了万亩飘香采摘园，科学种植了香瓜、葡萄、沙果等，吸引了众多旅客观光、采摘，年收入 10 多万元，填补了幸福村旅游业的空白。

劳务输出再创佳绩。幸福村通过广泛发动、干部带头、技能培训、政策激励等多种形式，推动了劳务输出，实现了剩余劳动力的再就业，同时不断提升劳动产品的质量和效益。在广州、深圳、长沙、北京、大连、哈尔滨等大中城市建立了稳固的劳动就业基地。目前，外出自谋职业，打工人数达 750 人，其中长年在外的 555 人，举家外出的 280 户。他们在广东、湖南开饭店，生意红红火火。年劳务输出总收入实现 400 多万元，可拉动农民人均增收 1 100 元。

基础建设不断加强。多年来，通过交通、建设等部门筹措资金，共投入基础设施建设资金 1 000 多万元，以红砖、水泥硬化村屯道路 25.7 千米，改善了出行条件，实现了屯屯通，路巷净。通过各种途径筹集资金，实现自来水工程。现在自来水入户率达 100%。加强农田基本建设，共打深水井 48 眼，小井 400 眼，为农田干旱用水提供了保障。此外，加强了农田防护林的建设，经过精心策划，栽防护林 500 多亩，有效地防止了风沙侵袭。强化了村屯环境治理。几年来改建民房 270 户，绿化村屯 60 亩，植树 12 000 棵。通过门前"三包"，搬迁柴草垛，绿化美化村容整治活动，使村屯面貌焕然一新，实现了顿顿有绿树，家家庭院有鲜花。

为了活跃文化生活，村里建了两处文化室，建起了文化大院，建成了两处文化活动广场，组织秧歌队，舞蹈健身队，购置图书6 000多册，还购买了表演用的锣鼓、乐器、服装道具等。农民读书学习的多了，打麻将赌博的少了；参加集体活动的多了，游手好闲的少了。

如今的幸福村，在党的富民政策的光辉照耀下，真正奔小康走上了幸福路。

太平庄里享太平

王越壮

太平庄村是杜尔伯特的 4 个革命老区村之一，位于县城泰康镇的北部，说他是城乡接合部也不为过，实在距离太近了，只有 8 千米。如果你从县城坐车来，一脚油门儿就到了。说起太平庄由于紧靠滨州铁路线，还真有一段可歌可泣的爱国抗日故事。太平庄村所辖前太平庄、后太平庄、白地房子三个自然屯。伪满沦陷时期，前太平庄称色家窑、后太平庄称张家窑、白地房子三个屯隶属第四努图克哈布塔。

颠覆日军列车　留下一世英名

1933 年（伪满大同二年）11 月 26 日，在中东铁路西部线上小蒿子（今泰康）附近发生一次国际客货列车颠覆事件。这是齐齐哈尔中国共产党地下党组织东北抗日联军第三路军第九支队的铁路职工王耀钧、史履生同张家窑部分村民破坏敌伪交通运输线战斗之一。当时在齐齐哈尔铁路食堂当炊事员的王耀钧是大夫出身，是中共北满省委齐齐哈尔铁路执行部党代表。平时以炊食员身份经常外出买菜，特别是每年储存秋菜的时候，常到前后代车站张家窑屯，结识过村民交了些好朋友，宣传灌输过抗日救国的思想。太平庄部分村民接受了进步思想，观念有很大改变，建立了抗日地下组织。在铁路道轨上时常就给横一根木头轱辘，铁棍垫上石头块子，破坏日军军用列车，但都未奏效。只有此次积极配合铁路地下党铁路职工用专用工具拆卸路轨才获得斗争成功。还有史履生是铁路职工，原是从事报务员工作的，参加了地下党组织工作，做交通员，他多才多艺，诗书琴画雕刻武术都很在行。为方便工作，主动要求由铁路主管调入货物处工作。对储运物资情况了如指掌。当得知今日此次国际客货列车装有重要军用物资，趁日伪军夜间无戒备就立即通知王耀钧连夜赶到敌人不太重视的前后代车站，找到张家窑等原来通过买菜等活动有联系的几位村游击队朋友。一起在距离小蒿子车站以西，前后代站偏东 1 千米处，拆开了两节路轨，使火车发生了颠覆翻车事件。紧接着 12 月份，在富拉尔基至碾子山（今龙江县）之间黑岗小站又发生一起由中共地下党组织暗地指挥的两火车相撞起火事件。颠覆车 10 辆烧毁车 4 辆，烧死撞死军马 40 多匹，烧毁装有枪支衣被口粮车 3 辆。这两起事件造成了中东（今滨州）铁路客运、货运列车全部堵塞停运，直接影响了日军军用急需物资。让日本侵略军当事护路军乃至裕仁天皇都十分震撼和惶恐。守备铁路的日本侵略军护路大队的头子田中、白丸被其上司痛斥后，十分恼火，立即下令进行大搜捕活动。派出了大批伪警、日军特务打扮成收破烂的、修电线的、卖针头线脑的货郎等，在齐齐哈尔到哈尔滨的滨州铁路线周边村屯搜集情报、探听消息。对凡有能挂上点嫌疑的一律抓捕。先后抓了93人。王耀钧、史履生未被抓。但后来，抗日联军第三路军第九支队在昂昂溪与日军田中、白丸日军护路队交火，政委郭铁坚中弹牺牲。在他的遗物中，日军发现王耀钧、史履生与政委有密切联系，就要抓捕。但王、史二人早已得知郭政委牺牲，部队远撤了，就想乘南下的列车去山东济南准备投奔鲁南根据地游击队，但未等接上头就被抓了回来。

在狱中，受尽严刑拷打非人道的审讯，但半点消息日军也没得到。气急败坏的日寇将他们处死，史履生在临就义前对狱友说："中国人民是杀不完的，请你们相信我的话，祖国不久就会胜利的。革命就要成功了，你们要好好地活着，将来好为祖国工作呀！"他在狱中的诗写道："马首龙沙垣，血染嫩江边。夙怀报国志，黑龙变苍然。苍天何独恨，被擒在济南。今生余地也，中华万万年！"。

砥砺拼搏奋斗　建设美丽村庄

烈士英名永存太平庄人心间，他们用勤劳的双手和聪明智慧在烈士曾经有过抗日壮举的地方建设起了美丽富饶的新村庄。

　　而今来到太平庄村，映入眼帘的是一排排行道树整齐划一，一条条乡间路干净笔直，一幢幢红砖房窗明几净，一张张笑脸幸福洋溢……

　　在美丽乡村建设进程中，太平庄村可是先行了一步。如今，村里街道横平竖直，院墙整齐划一，村民们大多都住上了砖瓦房，自来水和有线电视更是早就入了户。

　　太平庄全村 447 户、1 303 名老区群众。被确定为老区村后，乡村两级班子和县老促会一起研究制定发展规划，把整体建设新农村及美丽乡村建设捆到一块，高起点规划，高标准实施，在"美丽"上大做文章。得到了县委宣传部、县老干部局、县老促会、县机关供热服务站等单位的支持，累计投入物资及项目资金 100 余万元，新建了集村委会办公、科普培训、计生服务和农家书屋于一体的综合办公区，总面积达到 950 多平方米，解决了日常办公、农民培训、文化生活、信息传播、社会治安等实际问题。争取到项目扶持，建成了市级达标村卫生所。开展了泥草房改造项目，采取原址翻建、包砖挂瓦和彩钢包房等方式，使全屯住房砖瓦化率达到 100%，人均住宅建筑面积达到 28.6 平方米；还全都安装了自来水和室内下水。在原有红砖路 6 千米的基础上，新硬化水泥路 6 千米，巷道硬化率达到 100%，还修建排水边沟 1 200 延长米。安装太阳能路灯 52 盏。建有文体活动广场 2 处，配备健身器材 16 台套，丰富了群众的业余文化生活。

十年如一日，勤劳朴实的太平庄人更懂得环境建设的重要。栽植护村林、护路林 9 865 株，主街、辅街、广场全部实现绿化、美化、香化，建了绿化长廊，安装管护围栏 2 000 延长米。整修院墙 5 150 多延长米。以前，村办公室门前、奶站前、农户的房前屋后，都有柴草堆、垃圾堆和粪堆，既不卫生又影响群众出行。村委会一动员实行柴草堆、垃圾堆和粪堆全部出村出屯，村民们知道这是好事，就立马将三堆彻底出屯了。腾出来的场地平整后栽植景观树、花草，实现了绿化、美化。村民还自发组织起巾帼清扫小分队，负责公共区域日常卫生清扫，达到了日产日清。村两委班子还注重发挥共青团等群团组织作用，深入开展"小手拉大手"、共建清洁庭院活动，涌现出了赵作江、丁玉春、李文良、郭洪双等清洁庭院示范户27 户。还通过招商引资兴建了奶牛牧场小区，建立奶户认可的利益分配机制，全村奶牛进入牧场小区饲养，村屯面貌极大改观。在村民中开展了文明户评比活动，评选出星级文明户375 户，全村文明户比例达到85％以上，组织评选"十星级文明家庭""好媳妇""好婆婆""好妯娌"，印发光荣册，发到获奖户手中，奖励先进，带动后进，典型宣传，带动了社会风气的好转，促进了农村群众思想道德素质的提高。农村孝敬老人、邻里互助、关心集体、富而思进、人心向上的人和事不胜枚举，农民群众的思想观念和精神面貌焕然一新。

建设美丽乡村，关键要保证群众过上好日子，确保增产增收是根本，村民的日子富裕了，太平庄里才会太平。

乡村领导组织群众发扬老区群众能吃苦、肯于拼搏的老区精神，在发展畜牧业上动真招。全村奶牛存栏发展到 1 391 头，年交售商品奶 1 300 多吨，奶牛平均单产达到 5.2 吨，参与奶牛养殖户占全村总户数的 80.6%。通过招商引资新建鑫鑫牧业标准化牧场 1 处。积极构建多元牧业发展格局，全村饲养狐貉、肉牛、羊及鸡鹅鸭等已成规模。现在太平庄村实现总收入 3 220.6 万元，其中：畜牧业收入占总收入的 72.5%；农民人均纯收入实现 15 680 元。

太平庄里太平事，太平庄里颂太平。如今的太平庄村民丰物埠，百姓生活美满，群众安居乐业，太平庄人可以欣慰地告慰长眠于黑土地下的先烈了。

小村里的"三大战役"

邵明军

　　杏树岗村从土地改革到现在，已经 72 年了。小村各族人民群众经历了"维护革命政权、开发支柱产业和强化基础建设"三大战役。小村位于敖林西伯乡东南部，距乡政府 15 千米，现在全村有两个自然屯，521 户，1 585 人。当年，在这里曾经发生过一起震惊龙江大地的剿匪事件——杏树岗剿匪战斗，40 多名烈士长眠于此。如今，这里建起了烈士陵园，被批准为全省爱国主义教育基地，杏树岗村也因此于 2007 年被省政府划定为革命老区村。

一场艰苦惨烈的维权战

　　杏树岗村有着悠久的革命传统，日伪时期，就曾发生抗租、抗税、抗抓劳工事件。人民民主政府建立之后，积极参与平定地主武装叛乱的战斗，为巩固新生的人民政权做出重大贡献。

　　1945 年日本投降后，杏树岗大地主、日伪时期的汉奸王克复不甘心失败，投靠国民党反动派，扯起叛乱、反动大旗，公开与人民为敌，与新生的人民民主政权对立，叫嚣"打八路、杀穷人"。纠集网罗日伪时期的土匪、汉奸付金生、许天春、许天堂和庄头村的地主范德胜、德尔斯台村的地主孙守田等共同组织叛乱。强迫当地农民为叛乱分子修筑响窑、地堡、炮楼，挖掘战壕、地道、水沟等，反动气焰十分嚣张。

1946年8月25日，东北民主联军驻林甸一部，由副旅长宁康孝率领，新四军驻安达县骑兵部队一部，由副团长王国华率领，并有旗保安大队500余人的蒙汉联军予以配合，共同集结在当时的好尔陶努图克（相当于乡、区），对杏树岗王克复叛据点形成分片包围的态势。

8月27日，三支剿匪部队同时发起进攻，其他两支部队很快取得了胜利，唯独杏树岗剿匪遇到了匪徒顽强的抵抗，由于匪徒修筑的土围子工事坚固，里面的土匪都是悍匪，枪法准，凭借工事拼死抵抗，所以剿匪部队伤亡很大。最后剿匪部队集中三股剿匪兵力在一起，从工事的三个方面发起攻势，经过几个小时的战斗，最终击毙了匪首王克复等30余名叛乱分子，打伤、俘获了众多匪徒，取得了胜利。战斗中，进剿部队的杨邦华连长及姓名已无法查询的三排长等47名指战员英勇牺牲，长眠在杏树岗的土地上。

战斗结束后，杏树岗村民纷纷捐献大板柜等物品，用以装殓烈士遗体，并含泪将烈士安葬在杏树岗。

此后，这里的杏花每年都开得特别鲜艳，杏花的芬芳馥郁的香气也在空中飘荡。

在县委县政府的关怀下，由县民政局与乡政府共同配合建起了杏树岗烈士陵园，于 1999 年、2003 年两次维修，陵园面貌焕然一新，现占地面积 2 400 平方米，园门高 3 米，门楼飞檐镶嵌紫红色琉璃瓦，两侧楹联为"英名垂千古、浩气吞山河，"迎门耸立 4.7 米高"杏树岗烈士纪念碑"，背面刻有碑文和部分烈士英名，入门拾阶而上，仰望纪念碑肃然起敬。英灵长在，浩气永存！

一场发展支柱产业的攻坚战

杏树岗作为老区村，历史故事结束了，新的篇章还在继续。

作为老区村的杏树岗村，经济发展还很落后。老促会的领导和同志和乡村领导坐下来认真研究，敖林西伯乡是全县幅员面积最大的乡，全乡 48.2% 的蒙古族人口都有传统的畜牧业养殖习惯，但由于各种原因，老区村杏树岗还是以种植业为主的发展模式，这极大地影响和制约了杏树岗的发展。不能捧着金碗要饭吃！

在乡党委、乡政府的支持下，杏树岗村通过外购奶牛、标准化建设、繁育改良、典型带动有力地促进了奶牛业的大发展、快发展。截至目前，全村奶牛存栏达到 2 213 头，畜牧业产值已经达到农业总产值的 75%，真正地成为杏树岗村的支柱产业。在发展畜牧业的同时，积极开展基础设施建设和多种经营，几年来，通过广泛发动群众投入和争取上级水务部门支持，新打抗旱大井 12 眼、小井 46 眼，新上喷灌设备 12 套，井上配套率达到 100%，使全村的农田有效浇灌面积达到 45%。投入资金 30 万元，覆盖农田达到 8 000 亩。同时，杏树岗村积极发展现代农业，推进农业科技化进程，利用两年时间推广玉米膜下滴灌新技术试验田 2 300 亩。安装大型自走式喷灌 6 套。

靠支柱产业和现代农业，杏树岗走出了一条脱贫致富的康庄之路。

一场让老区人民过上了幸福生活的阵地战

老区村的基础设施差，那就要在奠定基础上下手。几年来，经过争取县交通局及帮扶单位的帮助和支持，共投入建设资金 300 多万元。铺装红砖路 7 千米，水泥路 1.9 千米。为了解决人畜饮水难问题，几年来，水务部门帮助新打自来水井 2 眼，新入户 340 户，自来水入户率达到 100%，有效解决了该村的人畜饮水难问题。几年来，积极争取上级政策，大力推进泥草房改造工作，农民住房砖瓦化率达到 100%。2009 年，在杏树岗、龙虎岗两个屯所有硬化路两侧修建排水边沟，8 000 延长米。2012 年，小村建起了 3 200 平方米的文化广场，配有

6 套健身路径、篮球架、凉亭、石凳、围栏等设施，并进行了绿化、香化和亮化。2014 年又在杏树岗屯建起了 1 000 平方米的广场，配有篮球架。村里组建了日常保洁清洁队 2 个，做到生产生活垃圾日产日清。平整村屯路、巷道 8 500 延长米。设立出屯柴草粪肥堆放场 2 个，实现了出屯堆放。不断加大造林绿化力度，通过退耕还林、退耕还草造林绿化，改善环境，治理生态。累计高标准栽植生态林 8 230 亩。开展行道树栽植，将所有硬化红砖路两侧栽植银中杨，栽植庭院、巷道绿化树木 5 500 棵。"三通三有"早已覆盖全村。

整村推进 200 万元的扶贫项目资金正在规划落实，届时这个老区村的环境面貌会发生更大的变化。

昔日的老区村，今朝的幸福地。人们不会忘记老区人民的历史贡献，在新的历史时期，全社会都会形成合力，为老区辉煌灿烂的明天再立新功。

编　后　语

付本忠

冬季的第一场雪覆盖了广袤的草原，也覆盖了 2017 年，一个年轮就这样悄悄地远去。此时杜尔伯特草原一片银白，变成了一个冰封雪裹的童话世界。2018 年如同初升的太阳，带着火红的憧憬到来了。新的一年开始了。

当我们手捧《情牵梦绕的地方》散文集的时候，墨香还很浓郁。我们的心情像这个辞旧迎新的时节一样充满了欣慰。近一年的时间里，从策划通知到征集稿件，从认真遴选到反复修改，从编辑校对到印刷出版，这其中，长路漫漫，甘苦自知。之所以要编印这本散文集，就是要深入落实党的十九大有关加强文化建设的精神，按照县委十八届二次、三次全会要求，切实强化老干部自身的文化建设，提高他们的文学素养，通过老干部这个特殊的群体，以他们手中的笔，讴歌家乡，赞美草原，彰显时代，反映生活。本书共收入散文作品 42 篇，全部是老干部、老同志的散文佳作，这些作品，或回顾历史，或回首往事，或抚今追昔，或寄情于景，或借景言志，笔下无不流淌着浓浓的对杜尔伯特这片家乡热土的深情，凝结着对家乡、对草原的拳拳爱意，读后令人振奋不已。

在本书编选过程中，得到了县委、县政府领导的关怀和支持，在此表示真挚的感谢！其间，也得到了县老促会、关工委、杜尔伯特文化研究会等单位的鼎力相助和孙秉正、傅鸿翔、任青春等同志的辛勤付出，在本书成书之际一并表示谢忱！由于时间关系和编者的水平有限，本书难免存在差错或不足之处，敬请读者赐正。